UM ENCONTRO COM A LADY

MATEO GARCÍA ELIZONDO

UM ENCONTRO COM A LADY

TRADUÇÃO
IVONE BENEDETTI

1ª edição

EDITORA RECORD
RIO DE JANEIRO • SÃO PAULO
2023

CIP-BRASIL. CATALOGAÇÃO NA PUBLICAÇÃO
SINDICATO NACIONAL DOS EDITORES DE LIVROS, RJ

E42e   Elizondo, Mateo García
       Um encontro com a lady / Mateo García Elizondo ; tradução Ivone Benedetti. - 1. ed. - Rio de Janeiro : Record, 2023.
       208 p.

       Tradução de: Una cita com la lady
       ISBN 978-65-5587-743-4

       1. Ficção mexicana. I. Benedetti, Ivone. II. Título.

23-83299   CDD: 868.99213
                          CDU: 82-3(72)

Meri Gleice Rodrigues de Souza - Bibliotecária - CRB-7/6439

Título original:
Una cita con la Lady

Copyright © Mateo García Elizondo, 2019

Texto revisado segundo o Acordo Ortográfico da Língua Portuguesa de 1990.

Todos os direitos reservados. Proibida a reprodução, no todo ou em parte, através de quaisquer meios. Os direitos morais do autor foram assegurados.

Direitos exclusivos de publicação em língua portuguesa somente para o Brasil adquiridos pela
EDITORA RECORD LTDA.
Rua Argentina, 171 – Rio de Janeiro, RJ – 20921-380 – Tel.: (21) 2585-2000, que se reserva a propriedade literária desta tradução.

Impresso no Brasil

ISBN 978-65-5587-743-4

Seja um leitor preferencial Record.
Cadastre-se no site www.record.com.br e
receba informações sobre nossos lançamentos
e nossas promoções.

Atendimento e venda direta ao leitor:
sac@record.com.br

EDITORA AFILIADA

Para Cuau

1

Vim a Zapotal para morrer de uma vez por todas. Assim que pus os pés no povoado, livrei-me do que trazia nos bolsos, das chaves da casa que deixei abandonada na cidade, de todos os cartões, de tudo o que tinha meu nome ou a fotografia do meu rosto. Não me sobram mais de três mil pesos, vinte gramas de pasta de ópio e sete gramas de heroína, e isso tem de ser suficiente para me matar. Senão, depois não terei nem para pagar o quarto, nem para comprar mais *lady*. Não vai sobrar nem para um mísero maço de cigarros, e vou morrer de frio e fome lá fora, e não fazendo um amor lento e suave com a Magrela, como planejei. Acho que com o que tenho dá e sobra, mas já são várias vezes que não acerto e sempre acordo de novo. Devo estar deixando alguma coisa pendente.

Há muito tempo estava querendo fazer esta viagem. Era minha última vontade nesta vida que já carece de qualquer desejo. Faz tempo que ando soltando o que me amarrava a esta existência; minha mulher morreu, meu cachorro também. Derrubei pontes com família e amigos, vendi a tevê, as tranqueiras, os móveis. Foi como apostar corrida comigo mesmo para ver se conseguia pico suficiente e ter uma grana para sair antes de ficar completamente imóvel. Eu queria perder tudo, era uma coisa que tinha de fazer. No lugar para onde vou não preciso nem de corpo, mas o saco de ossos veio me seguindo por todo o caminho e eu não tive escolha a não ser carregá-lo comigo.

Fora isso só trouxe a lata com o kit. Nela estão meu cachimbo, minha colher, minhas seringas; todo o material. Nela também guardo os meus trocados. Na rodoviária comprei este caderno, porque sei que não vou ter muito o que fazer para me distrair enquanto morro, e não quero ficar louco. Acho que preciso deixar isso claro. Não para os outros, mas para mim, para entender o que está me acontecendo há algum tempo. Preciso dizer o que se sente morrendo, porque as pessoas nunca estão aqui para contar, mas eu, sim. Continuo aqui e já estou bem perto. Sei como é viver no limbo, estar caindo do outro lado. Sou como um morto-vivo, é desse jeito que as pessoas me olham faz tempo. Não posso contar a ninguém em voz alta, porque o que tenho para dizer já não pode ser ouvido pelos vivos. Espero que ninguém leia este caderno, para evitar mal-entendidos, que nem mesmo o encontrem, que o queimem ou joguem no lixo ou na cova junto com o que restar de mim.

Vim para cá porque, quando morrer, não quero que me acordem de novo. Não quero que me encontrem e fiquem me levantando do catre, me vestindo ou me maquiando. Não quero toda a farolagem de ritos, choro e belas palavras. Quero que digam que abandonei tudo, como um santo, que deixei para trás os laços terrenos e as preocupações da carne e fui sozinho lá para o morro enfrentar a morte, que pensem em mim e digam "que valente" e "não é qualquer um". As pessoas acham que se faz esse tipo de coisa por covardia, mas não. Isso é o que acontece quando alguém entende que é para isso que viemos: aí, qualquer outra coisa perde o sentido, exceto isso. Isso, sim, tem sentido. É o que acho. É o que quero desvendar, nada mais.

Nunca tinha ouvido falar de Zapotal e não sei por que vim parar aqui. O que eu queria era chegar ao ponto final, de onde não daria para ir mais longe nesta terra, mas nunca imaginei que seria este lugar. Aqui termina o mundo dos homens, e depois só há floresta e montanha; dizem que para lá do povoado a gente se perde no matagal e enlouquece, que aparecem monstros e dá uma febre que faz sangrar pelos poros. O dia inteiro se ouve o barulho das cigarras misturado com o estrondo das serras elétricas com que os homens do povoado vão derrubando a floresta na luta para ganhar da natureza e invadir seu território. Cada árvore é uma vitória que deixa descampados estéreis envoltos num nevoeiro quente e fedorento, ermos desolados que não servem para nada e são desertados por toda forma de vida. Enquanto isso, as ervas daninhas crescem mais depressa do que é possível cortar e invadem o povoado, devorando ruas e casas em seu caminho. Os homens lutam contra esse mato no calor sufocante e, à noite, para se distrair e esquecer, embebedam-se e brigam até cair.

Pelo que sei, o povoado foi fundado como exploração madeireira, porque é a única coisa que há aqui, a única coisa que poderia interessar a gente deste lugar. Para animar o assentamento, o governo mandou trazer prostitutas de todo o estado, e o vilarejo formado por madeireiros e prostitutas veio a ser Zapotal. Além das casas onde moram as pessoas, na maioria humildes, há alguns sítios, duas serrarias, uma capela, duas fazendas abandonadas, uma venda e uma taverna. A estrada de terra que traz até aqui só existe para permitir o trânsito de caminhões carregados com árvores recém-cortadas que, juntamente com o ocasional ônibus de passageiros, como o que me trouxe, são o único meio de transporte que penetra nestas paragens, com o suprimento de cerveja, cigarros e Coca-Cola suficiente para dar ao povoado a ilusão de civilização.

Perto do ponto de ônibus encontrei uma hospedaria, ou em todo o povoado é o que mais se parece com isso. O dono me deixa ficar num quarto do segundo andar de uma construção de alvenaria com telhado de zinco que ainda não está terminada. De um lado dá para a rua e, do outro, para o quintal e a cisterna do dono. Cobra-me cem pesos por noite, embora seja uma pocilga. Há apenas um catre, uma mesa e uma cômoda, e, nos fundos, uma latrina com pia e vaso sanitário sem assento. As paredes de cimento já estão rachadas, e através das cortinas floridas se filtra uma luz avermelhada à tarde. É perfeito para morrer.

Ele me perguntou o que eu tinha vindo fazer no povoado, e, como sei que as pessoas não entendem, respondi que tinha vindo passar férias. Ele me disse para não fumar no quarto, que as pessoas que vêm passar férias como eu sempre queimam os colchões, que já houve vários incêndios. Eu disse que não se preocupasse e lhe dei seiscentos pesos para ter alguns dias de paz. Depois me joguei na cama para fumar ópio. Tinha acabado de chegar e não havia pressa para nada.

Lembro que fiquei com sono e senti na boca uma bolota de algodão que se amoldava aos dentes. Aos poucos, entorpeceram-se minhas narinas, minhas órbitas e os lóbulos das minhas orelhas; eu ia sendo envolvido por uma sensação de prazer que me percorria todo, da ponta do cabelo aos dedos dos pés.

É assim que começa.

2

Fumando ópio, dissipa-se a névoa que se traz na cabeça; os pensamentos são vistos com a mesma presença e materialidade dos objetos físicos, e parece que dá para tocá-los. Dizem que o ópio dá sono; mas eu nunca me sinto tão desperto como nesses momentos. Sob o manto suave de sua fumaça, as visões escondidas nos porões da mente, impossíveis de capturar na vigília, desdobram-se em permutações harmônicas, aparecem e conjugam-se com a clareza de uma paisagem límpida. A gente até se sente bem, sente que tem inteligência e refinamento, que tem força nos membros, e quem por acaso batesse à porta seria recebido com chá e biscoitos. Quando fumo ópio, sinto-me como se estivesse deitado num quarto cheio de obras de arte, mesas de mármore e assentos de veludo, como se estivesse num castelo, na mansão de algum milionário. Sinto que esse milionário sou eu, e que esse reino exuberante e voluptuoso é meu, todo meu.

Você vai adormecendo, e os sonhos se transformam numa espécie de baixo, numa música de fundo que depois de algum tempo deixa de ser ouvida, apesar de continuar ali. A primeira coisa que vejo quando a dormideira me pega são bandos de pássaros voando no céu, em uníssono, sem se tocar, como um manto ondulando e palpitando ao vento. Sei que é uma recordação longínqua, algo que vi quando era criança, de um carro, enquanto meu pai dirigia por uma rodovia, cruzando uma planície infinita de pastagens douradas, monótonas. Não consigo encontrar outro contexto para isso; não sei para onde íamos nem de onde vínhamos, mas da janela do banco de trás eu observava aquela presença gigante e agourenta com um misto de espanto e fascínio.

Sempre tenho a impressão de ver naquela entidade única e viva, que se contrai e se expande no céu, uma presença, às vezes mais humana, às vezes talvez mais animal, como se fosse o véu através do qual se mostra um rosto que me observa, que cuida de mim. Ela me cumprimenta por um momento antes de desaparecer novamente. É uma presença conhecida, mas é difícil reconhecê-la, e, quando a clareza é tanta que acredito poder reconhecer, a nuvem de aves se contrai de novo. Ela se esconde mais uma vez, e, se a espero, não retorna. Só volta quando a esqueço, e deixo-a tomar-me de surpresa mais uma vez.

Essa visão me acalenta, me tranquiliza. Luto contra o sono opressor que se apodera de mim assim que essa imagem surge na minha mente. Mantenho-me vigilante só para continuar a observá-la e, se não consigo adormecer, imagino-a e nunca demoro a cair profundamente, como um cadáver. Nesse movimento aleatório, vejo paisagens que ganham nitidez antes de esfumar-se novamente e tento encontrar um fio que me leve por suas passagens e comportas, por suas vielas escuras, a recintos conectados por abóbadas e escadas. Vou por entre seus vértices e suas arestas, através dos subsolos e dos espaços atrás das paredes, perdendo-me na textura de cada visão, até que, como em todos os sonhos, esqueço que estou sonhando e me deixo levar por aquelas tramas improváveis que conduzem ao mais recôndito daquele mundo, que me é, ao mesmo tempo, íntimo e alheio.

Eu caminhava por um jardim frondoso cheio de estátuas de mármore como deuses gregos, mas esqueléticas, cheias de chagas e hematomas, e, ao vê-las de perto, percebi que as conhecia. Eram meus amigos de pico. Alguns fazia muito tempo que eu não via. Entre eles estava o Mike, mas, ora, ele tinha morrido fazia muito tempo, se bem que, afinal, talvez não tivesse morrido totalmente. Vi que o Mike estava muito parado, mas seus lábios se moviam, e ele me dizia:

— Já tão depressa entre nós, cara? Cai fora, aqui não se pode ficar...

Eu entendia pelas palavras dele que todos tinham vindo parar aqui, que Zapotal era um grande ajuntamento de pico e que em vez de conseguir escapar eu só tinha voltado ao ponto de partida. Mike me dizia que voltasse à cidade, que aqui era um clube muito seleto, e aquilo era esquisito, porque ele nunca foi assim, sempre recebia e convidava a gente quando tinha droga, então eu só dizia:

— Que saco, Miguel. Qual é a tua? Desde quando você ficou tão besta, hein? Tá na fissura ou o quê?

Entre sonhos, eu sentia um cachorro me lamber a mão, como se tentasse me acordar, e eu abria os olhos e olhava ao redor do quarto. Havia uma senhora muito velha e magrela que ia e vinha pelo aposento. Comportava-se como a minha mãe, se bem que não podia ser, porque a minha mãe morreu quando me deu à luz. Quem sabe ela também tinha vindo parar aqui. Parecia preocupada, e por um instante achei que ela também queria que eu fosse embora, que voltasse para a cidade. Depois entendi que estava inquieta por causa da bagunça. Eu lhe dizia: "Que bagunça, minha senhora, se aqui não há nada?"; e ela apontava, como que assustada ou preocupada, para toda a tranqueira colorida que aparecia espalhada pelo quarto, vasilhas e vasos de vidro pintado e estátuas de animais exóticos que eu imaginava terem sido trazidos pelo Mike em alguma mala secreta, que ele teria roubado de alguma casa e queria largar aqui. Eram objetos muito frágeis e preciosos, talvez inestimáveis, e, à medida que tentava arrumá-los, eles iam se quebrando um a um. Por que no quarto não havia fogão?, dizia a mulher; o que é que eu ia comer? Obrigou-me a prometer que compraria um fogareiro elétrico para poder fazer nem que fosse um café.

Eu simplesmente tentava ignorar o Mike e aquela senhora, para que fossem embora, parecia-me desastroso ter saído da cidade menos de dois dias antes e já terem me encontrado. Parecia que os dois só tinham vindo para importunar, fazer barulho e movimentar as coisas para me tirar o sossego, para não me deixar descansar. Era irritante sentir os dois indo e vindo como anões de circo, remexendo as gavetas e os cantos mais recônditos do quarto. Eu temia que me roubassem o kit, que todo o meu plano fosse por água abaixo. O Mike removeu aquele tijolo frouxo da parede que dava para os túneis subterrâneos, e me lembro que pensei que aquilo era bom, que seria um bom lugar para me refugiar se me sentisse sozinho ou cansado, se tudo chegasse a ser aflitivo demais.

Não sei o que aconteceu com o Mike, talvez tenha dito que me esperaria lá, no subsolo. Lembro que a senhora se sentou na cama perto de mim e me acariciou a cabeça durante muito tempo. Eu sentia suas mãos magras e ossudas e me perguntava se era a Triste que tinha vindo me buscar, se me ninando ela me faria cair num sono do qual não despertaria nunca mais.

3

Ao abrir os olhos naquela manhã, descobri que continuava vivo, que tudo havia sido um sonho daqueles que a gente tem quando fuma ópio, que eu tinha sido engrupido de novo. Por isso, marquei um encontro com a *lady*. Nunca fui muito de desjejum, e não ia começar agora, mas, preparando o arpão, percebi que o isqueiro tinha acabado, e, como não podia nem acender um cigarro, precisei ir à venda comprar outro.

As ruas do povoado estavam desertas. Havia mais cachorros que gente, e alguns latiram para mim durante uma parte do caminho, até verem que eu era um deles, esquelético e sem lar, e então me seguiram tranquilos. Talvez esperassem que eu caísse morto e fosse o prato do dia para eles. Mesmo assim, eu sentia bondade na presença deles, como se soubessem que era preciso acompanhar-me e guiar-me pelas ruas do povoado.

Os poucos camponeses, os bêbados e as mulheres amantilhadas com que cheguei a cruzar, todos me olharam de soslaio e seguiram seu caminho, como se eu não estivesse ali, como se não quisessem saber que lá eu estava. Um grupo de adolescentes, seriam quatro ou cinco, pálidos e vestidos com farrapos, observou-me do matagal por um trecho do caminho, cochichando uns com os outros. Eu parava de vez em quando e tentava descobrir onde se escondiam, mas não conseguia encontrá-los. Ao retomar a marcha, voltava a ouvi-los, via-os com o canto dos olhos, seguindo-me por entre a relva e as árvores. Chegaram até a me atirar uma pedra, que ricocheteou no meu ombro, antes de escapulirem entre as tábuas rachadas de uma casa que parecia totalmente abandonada. Alguns metros adiante, crianças que brincavam no chão de terra gritaram e se dispersaram quando me viram chegar. Deixaram lá espalhadas todas as suas tampinhas de garrafa. Ainda não sei se fizeram aquilo de brincadeira ou porque de fato sentiram medo de mim; as duas opções me parecem válidas.

Neste povoado o sol bate muito forte e, com o calor e o suor, minha boca seca e todo o corpo coça, mais do que de costume. Os pernilongos nunca me picam, acho que têm nojo do meu sangue, mas mesmo assim a experiência do meu corpo é de uma comichão constante que pede aos gritos que me arranque a pele. Não vejo a hora de sair dele.

Das ruas distinguem-se ao longe as paredes rosadas e rachadas de umas enormes fazendas em ruínas, devoradas pelo mato. Parecem de outra época, vestígios de um assentamento anterior a Zapotal. Poderiam ser prefeituras ou monumentos históricos, se não tivessem sido condenadas ao abandono e o povoado não tivesse se isolado intencionalmente delas. Não tenho dúvida de que alguma coisa deve ter acontecido ali em algum passado distante para que aquelas fazendas tenham sido deixadas à mercê da floresta, algo que ainda se sente. Ainda emana uma sensação lúgubre e sinistra daqueles lugares que parecem suspensos no tempo, simultaneamente ausentes e presentes, como eu. Sinto que seriam um bom lugar para mim, que é lá que eu deveria estar, que poderia ir e encontrar algum assento para me deitar entre o entulho e ali instalar meu reino. Gostaria de ir vê-las de perto, mas o acesso parece totalmente fechado pelo matagal.

Na venda eu quis comprar uma vela, mas só tinham brandões. A mulher não parava de me lançar olhares em que se mesclavam desconfiança e nojo, coisa à qual já estou acostumado. Não me surpreende nem me incomoda, na verdade acho divertido provocar nojo nos outros, um estremecimento de horror, como um inseto. Comportei-me bem porque, se começassem a se negar a me vender no único comércio do povoado, a aventura acabaria mais depressa que o previsto. Depois, de dinheiro ninguém desconfia. Isso sim é palpável, algo que pertence a este mundo.

Comprei um brandão com a imagem de são Judas, o isqueiro, cigarros e água. Isso, mais um pote de iogurte natural. Talvez não dure muito o pote neste clima e sem geladeira, mas o fato é que meu intestino já não é o mesmo de antes. Nos meus anos de experiência com isto encontrei pouquíssimas coisas que sempre consigo digerir, e uma delas é o iogurte. Algumas pessoas conseguem digerir tudo, menos isso, mas para mim às vezes é a única coisa que passa pelas vísceras. Bebo diretamente no pote e encho a pança, não por fome, mas porque sei que, se não faço isso, depois não vou ter forças nem para me levantar do colchão e preparar outra dose.

Quando eu estava saindo da venda, aproximou-se de mim um homem muito parrudo, muito macho, de chapéu, bigode, botas e toda a indumentária. Em volta do pescoço usava um colar muito chamativo, do qual pendiam uma cruz muito ornamentada e imagens de Nossa Senhora, da Trindade e de vários santos. Plantou-se na minha frente, olhou-me de alto a baixo e, depois de um momento de vacilação nauseabunda, apresentou-se.

— Boas — disse —, Rutilo Villegas, seu humilde servidor.

Sem estender a mão, perguntou todo amistoso como eu ia, se eu vinha de fora. Típico cana de povoado, desses que nem policiais são — porque nem para policiais dão —, no máximo algum evangélico que escolhe as pessoas para tomar conta e depois acha que isso lhe dá o direito de se meter na vida alheia sem mais nem menos. Com aquele era preciso ser delicado, vai que ele depois resolvia ir xeretar no quarto.

— Boas, chefe. É, venho de fora e já estou de saída — digo-lhe todo sorridente enquanto vou me afastando.

O sujeito me segue a uma distância prudente.

— Nada disso — diz ele —, aqui nós vimos muita gente decadente como o senhor que só vem importunar. Nem pense que vamos ficar olhando enquanto o senhor sai por aí violentando mocinhas e roubando gente honesta.

Pareceu-me inútil explicar que os prazeres da carne já não eram comigo, que as mocinhas do seu povoado me apeteciam mais ou menos como um bife de costela, que, por mais saboroso e sumarento que seja, me revira o estômago só de pensar no trabalho que me daria mastigar e digerir.

— Não se aperreie — digo-lhe —, estou só de passagem.

Olhou-me como se não acreditasse numa só palavra do que eu dizia.

— Se soubesse, rapaz — diz —, aqui as pessoas nunca vêm de passagem. Sempre acabam ficando. E já há gente demais aqui.

Olhei ao redor. A desolação era tanta, que faltava pouco para aquele lugar ser um povoado fantasma.

— Quando alguém se queixar de mim, eu já fui embora, patrão. Vai ver que eu não sou como os outros.

Falei assim, bem confiado, e, para ele não achar que eu vinha roubar, dei-lhe um tapinha nas costas, disse que o convidava para uma breja e lhe dei cem pesos. Afinal, é certeza que não me resta muito tempo aqui, e seria uma pena não acabar com a grana.

Ele simplesmente ficou ali parado, olhando. As pessoas olham para a gente como se fosse um extraterrestre viscoso de cheiro estranho, com um misto de pavor e ressentimento, como se só pela presença você tivesse cagado na sala de visitas delas, com uma hostilidade que congela o sangue, porque, afinal, aquelas pessoas nem sequer me conhecem, nem sequer sabem quem sou. É como ser um estrangeiro, mas não de outro povoado nem de outra região, e sim da raça humana inteira. E sou estrangeiro, sim. Não sou desta terra, só estou de passagem. Demoram a entender. Quando, por fim, entendem, quando percebem que você está em outra estação, não sabem bem se têm pena de você ou se xingam a tua mãe. Simplesmente não cabe na cabeça delas.

Aquele parece que relaxou e sentiu pena de mim; disse-me para ir falar com o padre, visitar os alcoólicos anônimos. Eu disse que não entendia por quê, que não me confessava e que o povoado estava cheio de alcoólicos.

— Não seja sarcástico — disse —, é isso que está estragando o senhor...

Depois se lançou a uma enxurrada evangélica, advertindo que eu devia aceitar a luz de Deus, que devia retomar as rédeas do meu destino.

— Mesmo não sendo fácil — dizia. — São vias insondáveis, mas o senhor precisa tomar consciência, pôr à prova sua força de vontade para seguir o bom caminho. Escute o que estou dizendo...

Certeza que ele tinha razão. Eu já queria encurtar porque estava começando a comichão, a outra comichão, a que começa com um frio na barriga, que bem depressa se transforma em câimbra e cólica, e, como eu não queria daí a pouco estar suando frio e ouvindo vozes, é possível que tenha sido mais rude que o necessário quando cortei a conversa e disse ao sujeito que fosse cuidar da sua vida e me deixasse morrer em paz. O diacho do Rutilo só estalava a língua e negava com a cabeça, e, quando me afastei, ainda o ouvi dizer:

— Não fique achando que aqui no povoado vamos fazer seu túmulo, rapaz.

E eu só pensava: menos mau, meu bem. Menos mau.

4

Às vezes me pergunto por que não tomo uma overdose e pronto. Depois lembro que não é fácil essa coisa de morrer. Inevitável, sim; fácil, nem sempre. Também por isso vim para cá, porque lá na cidade nem bater as botas tranquilo se pode. Já são várias vezes que parto desta para melhor e me ressuscitam, e continuo aqui, sem conseguir dar um ponto-final. Devo estar deixando alguma coisa pendente. Mas morrer é a coisa mais bonita que existe. Não é à toa que pintam a morte como algo confuso e aterrorizante. Na minha opinião, pintam assim porque descansar em paz soa tentador demais, e, se não fizessem isso, todo mundo ia querer morrer.

Não, morrer não dá medo. É mais como deslizar inteiro num lugar cálido e estreito, como uma grande vagina, e sair do outro lado, leve. A gente se sente livre, como se o corpo fosse um peso que carregamos toda a vida e por fim nos livramos dele, ou como se a vida fosse uma broca enfiada nas nossas entranhas e que, afinal, é retirada. Você sente que "sou daqui, aqui quero ficar para sempre". Imagine que lhe dão a oportunidade de ver seus pensamentos, e isso se parece com o céu noturno, cheio de estrelas. Você fica ali, olhando como as estrelas vão se apagando, uma a uma, e como tudo vai ficando escuro e vazio. É espetacular. Sente-se muitíssima paz.

E aí começam a te ressuscitar. Sério, como enchem o saco. Imagine você dormindo e batem à porta, bem de leve primeiro, depois cada vez mais forte e insistente, até que você precisa se levantar para abrir e gritar para eles irem à puta que os pariu. Nesse instante você acorda, e uma coisa é certa: confuso não é ir para o outro lado, e sim acordar coberto de vômito, cercado de gente em pânico e de paramédicos que ficam te dando bofetões e gritando que você ia morrer. Você sente uma estocada no peito quando o coração volta a bater, e, quando o ar entra, os pulmões queimam por dentro, como se estivessem sendo usados pela primeira vez. O corpo todo formiga, porque todo o sangue que tinha ido para o cérebro e para as entranhas volta para as extremidades, e é aí que começam a tremedeira e o mareio. Acho que é mais ou menos assim que se sente nascer. E prefiro mil vezes morrer, sério. Quando me ressuscitam, sempre chego irritado, com dor de cabeça e empachado, porque a naloxona, além de ressuscitar, também põe a gente imediatamente na fissura. A única coisa que se quer é morrer de novo.

Claro que, quando acontecia com outro, eu também ressuscitava a pessoa. Bom, se fosse possível. O Jairo não voltou, o bom Mike também não; mas eles foram embora bonito, dava para ver que estavam de boa, que encontraram o que procuravam. Tinham no rosto aquele olhar do *junkie* que acertou na dose; parecem descansados, em paz, como na pintura daqueles santos olhando para o céu. A minha Valerie, bom, nem se fala; ela, sim, tomou uma overdose, não deu para fazer nada. Mas a gente sempre tenta. Era um tipo de cortesia que havia entre nós, se bem que, quando funcionava, ninguém agradecia, ao contrário. "Era melhor ter me deixado ir desta pra melhor, seu besta." É isso o que lhe dizem quando você os traz de volta. E é fácil entender, ou pelo menos eu entendo. Quando alguém se encontra com a morte tantas vezes como eu, a vida ganha outro sentido. Esse lugar do qual estou falando não é feito para os vivos, e quem já foi e voltou tantas vezes na verdade depois também já não pertence realmente a este mundo.

Quero dizer que a gente começa a existir numa espécie de limbo. Isso é o que é todo este povoado. Isso é o que é a heroína, também. A gente fica no meio do caminho entre o mundo dos vivos e o dos mortos, e os dois evitam a nossa presença. É o preço que se paga por essa viagem de ida e volta para o outro lado, mas vale qualquer preço a paz que se encontra lá. Quem se vicia não se vicia na droga, mas nessa paz. Voltar a encontrá-la é o propósito de todas as coisas. Você saca que, morrendo, vai encontrar esse lugar, então é para lá que vai. Sem opção.

    Essa é a dificuldade da questão. Quando se acerta a dose, a linha entre a onda e a morte é tão tênue que, quando menos espera, você já está lá. Não há dor, não há tempo; só paz, muita paz. É uma dose muito difícil, e a gente vive o final da vida tentando encontrá-la. Existem outros que erram a mão, e se vê nos olhos deles que lutaram contra o sufoco e a angústia até ficarem sem fôlego; como afogados no mar, mas afogados em si mesmos, no próprio vômito. Como a minha Valerie. Acho que não há nada pior que isso. Esse é o perigo que todos corremos. Por isso essas coisas não podem ser feitas assim de qualquer jeito, sem pensar. Precisam ser bem planejadas. Há muitos *junkies* que tentam fazer viagens como essa e nunca conseguem, porque não vivem o suficiente, mas eu já estou há muito tempo nesse jogo e continuo vivo. Alcancei os níveis superiores.

5

Passei algum tempo, talvez dias inteiros, deitado no catre, olhando fixamente para a quina da cômoda. A madeira mudava de textura, passava de uma ondulação vibratória, como um espelho de água, para uma carne fibrosa e viva que respirava e se retorcia. As quinas do móvel formavam enormes escarpas, paredes colossais de uma rocha filiforme, uma matéria sólida que demorara séculos para escorrer sobre si mesma. Era como ter um panorama do fim do mundo. Assombroso, mas, acima de tudo, de uma singeleza que me propiciava profunda sensação de plenitude e calma. Não provocava preocupações nem perguntas. Era um espetáculo que continuaria até a desintegração do universo. Eu poderia ficar observando aquilo até desmaiar e manter a mesma serenidade até que meu corpo se mumificasse e se transformasse em pó, e nele crescessem cogumelos e flores silvestres.

Nunca soube como nem em que momento aconteceu, mas me vi perambulando à noite pelas ruas do povoado. Acho que levantar da cama não foi decisão consciente; faz meses que não há volição em mim, que não faço mais do que é ditado pelo meu corpo para se preservar. Acredito que tenha relação com o fato de eu saber que teria de passar mais uma noite neste mundo, e o que me impeliu a sair foi o instinto de sentir e encontrar vida e calor, mesmo onde eles não existem. Ou talvez meu corpo tivesse sede ou fome. Não sei, não tenho certeza. Com a *lady* certas coisas me fogem da memória.

Saí pelas ruas, embora não pudesse esperar encontrar nada lá fora. Meu corpo pesava, eu ia dando tropeções e arrastando os pés pela poeira das ruas sem asfaltar, envolto em densa escuridão. O povoado se apaga e dorme assim que o sol se põe, ganha uma aura fantasmagórica, como se todos o abandonassem ao anoitecer. O ar úmido e quente cheirava a uma mistura de terra molhada, água de torneira, fumaça de lenha e esterco de vaca, e ao longe se ouviam vozes de homens e música de banda mexicana. Eu só distinguia as silhuetas de algumas casas de alvenaria espalhadas na mata, formando retalhos pretos sobre o céu estrelado.

Neste povoado não existe iluminação pública, a não ser ao redor das tavernas. As pessoas correm às espeluncas locais obedecendo ao mesmo princípio que faz as moscas voarem ao redor das lâmpadas à noite:

são os únicos pontos de referência, os únicos lugares para situar-se no espaço físico da aldeia. Nas ruas das redondezas, os bêbados estirados no chão, com a cara coberta de uma mistura de vômito, muco, lágrimas, baba e sujeira, formam o rastro que leva à taverna, e a cada passo a música de banda vai ficando mais envolvente e estrepitosa. A duas quadras, seria possível guiar-se pelo cheiro de cerveja rançosa, mesmo sem o brilho de uma lâmpada halógena, ali colocada para guiar os passos dos fregueses como um farol no meio do mar. Acima da porta de entrada dependura-se um letreiro da Corona Light, iluminado parcialmente pela luz branca, no qual se pode decifrar o nome do bar: El Rincón de Juan.

Fora, um rapaz de uns dezoito anos dava uma surra num sujeito mais velho, de uns cinquenta e tantos, e outros homens gritavam e faziam apostas em volta deles. Hordas de vira-latas rondavam, saqueando os restos de comida dos sacos de lixo que alguém tinha deixado junto à porta dos fundos da cozinha. O homem mais velho sangrava pelo nariz e pela boca, cambaleava e gritava, enquanto o moço mal começava a suar. Usava o velho como saco de pancadas e, entre um golpe e outro, dava tragadas no cigarro e tomava goles de uma garrafa de cerveja que ele havia deixado junto a uma moita. Alguém precisava interromper aquela briga, mas ninguém o fazia, todos riam e gritavam, e, entre os golpes secos na cara do homem e o barulho de sua respiração gorgolejante de sangue, ouvi dois bêbados fazendo um comentário sobre a virgindade da filha dele.

Entrei ao som da música de banda e em meio ao fedor de cerveja e urina. As paredes cobertas de azulejos brancos conferiam ao antro um aspecto de matadouro em desuso, ou de banheiro público numa construção inacabada. Não havia nada além de um balcão, algumas mesas e cadeiras de plástico. No fundo, vários indivíduos faziam fila para usar o mictório, cubo de alvenaria encostado à parede e separado do restante do espaço por uma cortina de boxe. Num canto afastado, outro grupo de homens reunidos em círculo trocava notas de dinheiro, mas não consegui ver no que apostavam; podia ser em dados.

As luzes eram fortes demais para um bordel, que é o que aquele lugar parecia ser. Havia várias mulheres gordas dançando numa pista improvisada entre as mesas, algumas sentadas no colo dos fregueses, muitos destes já nem conseguindo falar ou tentar falar sem que a baba lhes escorresse pelo queixo, pela camisa já empapada de suor, pelos decotes abertos das putas. Vários homens dançavam sozinhos, tentando bolinar as moças, e, quando estas lhes davam tábua, dançavam uns com os outros, apalpando-se entre gargalhadas, sem o menor pudor. Por ali andava rondando o policial do povoado, o bom Rutilo, mas a minha presença não parecia interessá-lo agora que estava gastando os cem pesos que eu lhe tinha dado em bebida e mulheres. Ao meu redor todos tinham olhos vermelhos e vidrados, testas brilhantes de suor. Desconfiei que pelo povoado devia circular pedra; todos gritavam e se empurravam, forcejavam. Estava todo mundo doidão, e ou eles aguentavam bem demais o álcool, ou não aguentavam nem um pouco; vergavam, cambaleavam, mal conseguiam se manter em pé, e mesmo assim continuavam bebendo, como se nada pudesse matar a sede que sentiam.

Há anos o álcool não me embebeda e, muito antes de sentir seu efeito, sinto dor no corpo, enjoo e fissura, mas estava com a boca e o corpo secos e não tinha dúvida de que pedir um copo de água naquele lugar era certeza de disenteria fulminante, portanto pedi uma cerveja no balcão e me sentei numa cadeira de plástico para beber. Queria usufruir a presença de outros seres vivos e observá-los por um tempo sem que ninguém prestasse atenção em mim. Parecia haver muita gente de fora que também tinha ido parar ali, no final da reta; bêbados, desertores do Exército ou criminosos em fuga, todos trabalhando nas serrarias ou lá na floresta, derrubando árvore. Compartilham os mesmos empregos e às vezes os mesmos tetos, compartilham mulheres, filhos, amigos, garrafas, cigarros e doenças venéreas, claro. Passam o dia inteiro lá fora e voltam aqui para mijar o salário, para esquecer-se de si mesmos. Todos aqui, assim como eu, são mortos-vivos que vagam pelo povoado arrastando os pés, com o olhar perdido, embora eu desse tudo para ficar bêbado, para poder gozar novamente o esquecimento. No meu estado, por assim dizer, "terminal", estou adormecido para qualquer tipo de sensação e não gozo nem desejo nada além de uma única coisa.

É o que tento explicar à mocinha que vem sentar-se comigo depois de um tempo. É morena, tem nariz achatado, lábios carnudos, cabelos pretos e lisos até a cintura e não está tão gorda, mas só porque é nova; parece não ter nem dezessete anos. Envolve minha cintura e pede que lhe pague uma cerveja. Acho que para ela tenho cheiro de dinheiro. Pode ser a última vez que bebo com uma mulher, então peço a cerveja. Ela tenta falar mais alto que a música, mas não a ouço. Sua voz me chega ensurdecida, distante. Passam uns bêbados que lhe gritam galanteios e tentam tirá-la para dançar, mas ela fica para terminar a cerveja.

Durante uma pausa da música, ela me pergunta de onde venho, e eu digo: "Da cidade." Depois me pergunta para onde vou, e digo: digo que vou diretamente para a terra dos mortos. Ela não parece entender ou, em todo caso, não se surpreende. Simplesmente me mede com o olhar e diz:

— Você é daqueles que veneram a Senhora?

Achei estranha a pergunta.

— Que Senhora? — pergunto.

— A Morte — responde. — Desses há vários aqui.

Ela toma um gole de cerveja e sorri, fumando um cigarro que só pode ter tirado do meu maço, sem eu perceber.

— Não, não tem nada que ver com isso — digo. — Eu não venero ninguém.

Ela pousa a mão no meu joelho e diz:

— É que ela aparece aqui todas as noites. Ou quase. Dizem que é a dona. Vem sempre dar uma olhada, e nunca falta quem leve uma facada, quem caia bêbado pela ribanceira ou quem estoure o coração de tanto fumar pedra. Se continuar aqui, vai vê-la.

Senti que me acariciava a perna, mas de mim já não saía nenhuma reação. Virei para o grupo de homens em pé e ajoelhados em semicírculo, que vociferavam e jogavam dinheiro, e entendi que estavam apostando em brigas de insetos. Depois fiquei sabendo que os recolhem na floresta e os trazem em caixas de fósforos para ganhar uns trocados à noite. Tinham diante de si dois escorpiões amarelos abraçados, tentando freneticamente picar-se um ao outro.

Ela sorri e insiste, move a mão para minha virilha e me agarra o pinto, sem tirar o olhar de cima de mim.

— Não quer conhecê-la? Vamos — diz, sorrindo —, é só alugar um quarto.

Matutei se ela estava falando sério, e durante um instante só a observei. Observei seus olhos grandes e úmidos, afundados no crânio, seus dentes brancos e afilados, sorrindo para mim; e, nisso, começou a acontecer com aquela moça algo semelhante ao que ocorria com a madeira da cômoda do meu quarto. A pele dela ficou translúcida, como se fosse possível atravessá-la com o olhar. Eu conseguia enxergar seu sangue fluindo por cada capilar, os ângulos salientes dos seus ossos encaixados por trás da carne e suas entranhas suaves e cálidas palpitando dentro do ventre. E vi que ela se assustou. Virou-se para um parça que estava ao seu lado, um rapaz magro e afeminado, com bigode perto dos cantos dos lábios, e pela primeira vez me dei conta da presença de três sujeitos que nos rodeavam e ouviam a conversa.

— Esse aí é bicha — diz ela e tenta ir embora, mas um dos homens, baixinho e corpulento, segura-a pelo braço e a retém no grupo. O alto afeminado se aproxima de mim.

— É mesmo? — diz. — Porque aqui tem pra todo mundo, querido.

Pega minha mão e começa a acariciá-la. Eu não a retiro, nem por reflexo. Tudo me parece distante. Atrás dele ouço as vozes dos outros dois que falam com ele, mas se referem a mim:

— Pergunte quem é, o que quer... diga que conseguimos o que ele está procurando, mas vai ter de soltar grana...

Levantei o olhar para encará-los. Além do sujeito alto e afeminado e do baixinho gorducho que segurava a garota pelo braço, havia outro. Era o marmanjo que pouco antes esbordoava o velho. Tinha o rosto intacto, mas os nós dos dedos cobertos de ferimentos vermelhos e frescos, a camiseta manchada de sangue, e ainda parecia quente da briga. Todos eles fixavam em mim o olhar vidrado e me deixavam nervoso, porque o que estavam fazendo ali? Ou a gente deste lugar é muito amistosa, ou tudo aquilo era um logro para me atrair a algum beco, me moer de pancada e me roubar. Cada vez mais aquilo se parecia com o momento em que um grupo de crianças encontra um inseto estranho e começa por revirá-lo, examiná-lo. Daí a pouco começariam a arrancar-lhe as asas.

A mim tudo aquilo preocupava porque estava com a lata do kit guardada no bolso das calças, bem pertinho das bolas. Não ia deixá-lo no quarto, onde qualquer um poderia roubar. Por mais profundo o delírio que me dominasse, o kit seria a última coisa que levaria comigo até as portas do inframundo. Se chegassem a roubá-lo, aí, sim, eu teria de me atirar de uma ribanceira ou coisa parecida.

Avaliei a situação. Era provável que aquele pote de iogurte fosse a única coisa que eu havia ingerido nas últimas quarenta e oito horas, mais ou menos. Era nula a minha chance numa briga, pequena a de sair correndo pelo menos até a porta, e mínima a de chegar à esquina. Vi como estavam bêbados, os olhos de lagartixa que tinham, pretos de tão dilatados, fixos e frios, e então entendi. Entendi que estavam passando por aquele estado de bebedeira, aquela parte da noite em que a pessoa dá com alguma coisa e não sabe bem se quer lhe quebrar a cara, paparicar, transar, comer ou dar no pé. Eles mesmos não entendiam bem o que lhes acontecia. Se sóbria, a maioria daquela gente teria me evitado. Na bebedeira, tudo fica mais complicado.

Não consigo explicar. Já tentei; você vira um inseto exótico, um pedaço de matéria fecal de outra dimensão, e provoca uma espécie de fascinação frívola e mórbida ao mesmo tempo. A maioria, quando vê você chegando, atravessa a rua, olha de soslaio com asco e contrariedade. Acham que você é sujo, e é verdade que teu corpo está cheio de veneno e em processo de putrefação em vida, mas não entendem que, na realidade, tua alma é leve e brilhante, e isso é o que realmente os assusta: o fato de a gente não estar atado pelos desejos e pelas preocupações que dominam a existência. Todos os nossos desejos e preocupações se reduziram à busca da quietude, da felicidade, da paz. Da *lady*. Abandonamos tudo a favor disso, como monges, ou como santos, na realidade, seres que estão de passagem e já não pertencem a este mundo. Quando os outros bebem e se drogam, quando perdem as inibições, perdem o medo e já não temem aproximar-se. Muitas vezes entendem aonde vamos e vêm com todo tipo de recado e encomenda, que querem que levemos para o outro lado.

O que aconteceu a seguir foi uma lenta descida ao delírio. Falamos, ou melhor, gritamos — ou eles gritaram —, durante muito tempo. Lembro-me de ter pagado uma rodada de bebida e de que acabamos sentados em volta de uma mesa de plástico, onde me obrigaram a tomar um caldo de galinha que não consegui terminar. Estava sentado entre Rubí, a prostituta de dezessete anos, que não parou de me acariciar os joelhos e as costelas e de dizer como eu estava magro, e Chachi, o baixinho gorducho, que acabei sabendo ser um imigrante do Sul que parou na metade do caminho para os States por ter entrado por um desvio errado que o trouxe a Zapotal, e desde então seu beco sem saída havia se transformado em lar definitivo.

Vi o desfile de dezenas de garrafas de cerveja que meus companheiros bebiam como água, depressa como nunca vi ninguém beber água, enquanto ouvíamos Uriel, o bicha sonhador, deitado na mesa à beira do coma, dizer que aquilo que o retorcia por dentro, lhe envenenava a alma e o estava matando a fogo lento era a solidão que pulula por todo o povoado, que infecta tudo e se sente por todos os lados, que é igual à morte porque ninguém pode escapar dela.

Ao longo da conversa entendi que a única coisa desejada pelos jovens como Rubí e o outro — o da surra, chamado Beto —, que a maior ambição deles na vida, era sair do povoado. Em reação ao palavrório nostálgico dos outros, ela só assentia com o olhar perdido, e Beto vociferava e gesticulava com selvageria, como se a qualquer momento fosse destruir o local, mas acabava não derrubando nem um único copo.

— Nada disso me importa — dizia —, porque sei que algum dia vou conseguir sair do povoado. Este lugar já não tem nada para mim. Eu vou embora daqui...

— Mas e a Loira? — dizia Rubí.

— Que loira? — perguntava ele, olhando para as garrafas de cerveja vazias com um misto de desconcerto e raiva, porque no fundo sabia do que estavam falando.

— A Loira, porra, a Arcelia, filha do velho que você acabou de quebrar a cara. Você não comeu ela e não deixou ela grávida?

— E o que é que eu tenho com isso? — dizia ele. — Esse fedelhinho, se for de fato filho do seu pai, algum dia também irá embora do povoado.

— E daí? — gritava ela. — Quem se importa com isso?

— Essa é a única coisa que importa — respondia o rapaz.

Era lamentável, porque aquele moço já era o homem que seria na vida, e, se tivesse sido capaz de deixar o povoado, já teria ido embora havia muito tempo. O filho dele com toda a certeza também não iria. Nenhum de nós sairia do povoado, era o que todos pareciam saber e aceitar com certa resignação, mas era comovedor ver alguém que ainda perdia o sono por esse motivo.

Eu não conseguia nem terminar a primeira cerveja que havia pedido. E os via entrando numa espécie de furor etílico, mas comigo acontecia algo muito diferente. Com todo o fumo e a hera, custa-me pensar, mas principalmente sentir. As coisas desfilam longe diante de mim, e o que me lembra de que estou vivo são só a coceira e a dor de barriga que sinto quando passa a onda e começa o bode outra vez. Se me mantenho ligado, como tento na maior parte do tempo, nem isso sinto.

Quando a mente já não está preocupada com sensações, com a busca do prazer e a fuga da dor e das aversões, cria-se um vazio que começa a encher-se de sombras, produtos fantásticos que se formam a partir dos resíduos de sensatez que ficam encalhados nas praias da consciência. A memória falha, a gente cai numa espiral de esquecimento que corrói tudo o que foi a vida, mas uma parte do cérebro se mantém ativa: é a que recicla tudo o que fica enterrado e adormecido, transformando-o numa espécie de estado onírico constante, indistinto da vida cotidiana. A realidade adquire a textura bizarra dos sonhos, e a gente acaba com um tipo de lembrança da própria vida que é igual à que tem dos sonhos: vaga, fragmentária e absurda, sem fio coerente.

Dentro do bar a luz não mudava, e o lugar nunca se esvaziava. Era impossível calcular a passagem do tempo. Num quartinho que eu não tinha notado no início, no qual só havia um catre e uma cadeira, entravam e saíam as mulheres com diversos clientes. Eu só esperava para ver se chegava a dona, aquela Senhora da qual todos falavam. Perguntei aos meus amigos se era certeza que a Morte era dona do lugar, e todos me disseram que sim.

— E por que se chama El Rincón de Juan? — perguntei.

— Juan é o preposto da Senhora — respondeu Rubí.

— Alguns dizem que é marido dela — acrescentou o Chachi.

— Se diz "michê" — soltou o Beto com olhar malicioso.

Rubí os interrompeu:

— Mas a patroa é a Senhora.

Depois Uriel, esparramado na mesa, virou os olhos vidrados para mim e sorriu.

— Dizem que Juan é o Diabo.

Dizia isso com uma expressão de absoluta seriedade.

— O Diabo se chama Juan? — respondi, e acho que ri. — Ouçam, mas se a Senhora é a Morte e Juan é o Diabo, por aí também deveria estar Deus. Ou não?

Beto pareceu confuso com o comentário.

— Claro que há um Deus — disse —, só que neste povoado ele não põe o pé.

— Juan não é o Diabo — disse o Chachi —, é só quem cuida da porta. Mas nem sempre permite a entrada.

— Por isso há tanta alma penada — soltou Uriel do seu estupor, ainda dobrado sobre si mesmo e rodeado por torres de copos vazios.

Todos me deram a entender que a Senhora era a chefona de todo o lugar, embora nunca ninguém a visse. Beto disse que as fazendas da floresta tinham sido construídas por ela, dama muito rica que ficou louca, que primeiro foram suas fazendas e depois se transformaram em claustros, depois em cárceres e, mais tarde, em quartéis militares. Que em certa época foram ocupados por colonos franceses, desertores do Exército, e sitiados durante muito tempo, num assédio prolongado, durante o qual ocorreram muitas atrocidades ali dentro. Que foram abandonados por motivo de insalubridade, pois ali havia doenças por causa de todos os cadáveres que tinham sido largados e nunca enterrados, e as fazendas foram se deteriorando com o tempo.

Beto dizia saber dessas coisas melhor que ninguém, porque tinha nascido em Zapotal, não como os muitos que vieram chegando, e falava no presente de uma era longínqua, como se no povoado o tempo não passasse. Disse que, sim, havia jeito de chegar às fazendas, que ele conhece gente que pode levar pela floresta, e que lá dentro há tranqueira velha e um mundaréu de ossos vestidos, que o povoado e a floresta estão infestados de almas penadas de toda aquela gente e várias mais, que depois são vistas a rondar entre as árvores, e coisas assim.

Uriel e Rubí pegaram uma pedra de crack, e eu tive a má ideia de dar uma pipada. Logo no início aquilo me levantou, mas depois me deu tanta ansiedade, que a única coisa que eu queria era a *lady* para me livrar daquilo. Fui ao banheiro várias vezes para ver se conseguia pelo menos dar uma cheirada, mas não havia muita privacidade atrás daquela cortina de box. Quando começou a me dar uma comichão forte, o Chachi logo percebeu. Trouxe um escorpião para a mesa e começou a me dizer para fumar o ferrão. As pessoas lhe diziam que deixasse de ser um sádico asqueroso, e eu o chamei de louco, mas por fim ele cortou o rabo do bicho e o pôs no cachimbo que eles tinham usado para fumar pedra. Disse que era um truque de pobre, e, quando dei uma pipada, sumiu o bode. Perguntei onde havia mais, e ele me levou a um buraco no cimento da parede, de onde pescamos vários escorpiões entre as teias de aranha, e eu apliquei a velha lição de ir direto à veia e me aferroei duas, três, quatro vezes, até que fiquei com os dedos dos pés adormecidos e meus ouvidos começaram a zumbir.

O pessoal do povoado nunca tinha visto nada igual. Ficaram curiosos, reuniram-se ao meu redor, e nisso chegou o Rutilo e lhes disse que eu estava louco, que queria morrer, que era um suicida. Que depois eu não ia querer ir embora e só traria desgraça ao povoado, e não sei quantas coisas mais. Um deles, já bêbado, sacou um revólver e tentou me convencer a lançar um desafio ao outro suicida do povoado, um louquinho pau-d'água que supostamente havia sobrevivido à terceira rodada de roleta-russa contra outros temerários e era carinhosamente apelidado por todos de "Mortinho".

— Não acredito que ele dure muito — diziam-me —, e estou achando que você vai herdar o apelido dele. Estou achando que você é que vai passar a ser o Mortinho, cara.

Assim ficaram falando, aqueles cuzões, tentando me convencer e aliciando o Mortinho para entrar na disputa. Coitado do Mortinho; posso estar fodido, mas perto dele pareço um jovem dinâmico. Aquele pobre infeliz, sim, parecia miserável. Ali estava ele, sentado junto ao balcão, com um boné vermelho, olheiras, tentando conter as lágrimas que brotavam uma atrás da outra dos seus olhos inchados e escorriam pelas bochechas encovadas, dando goles bem pequenos na garrafa de cerveja, como se estivesse dando beijos num mamilo frio e indiferente.

Eu os ouvia falar, mas não dizia nada; é que as pessoas simplesmente não entendem. Não entendem que eu não sou suicida. Eu não quero me matar, nem mesmo quero morrer. Eu não quero nada em absoluto, meu desejo está extinto faz tempo. Eu estou morto em vida: simples assim.

— Não seja egoísta — diziam-me. — Vai haver dinheiro em jogo. Se você se matar, que seja para beneficiar os outros, que tenha alguma serventia para alguém.

Eu repetia que não, obrigado, que não era por aí a coisa, enquanto a Rubí pedia, gritando, que me deixassem em paz, que eu já estava suficientemente ferrado para que, ainda por cima, viessem gozar da minha cara. O Chachi tentava controlar o Beto, que já estava se esquentando para outra briga, e o Uriel chorava e gemia, inconsciente. Eu, por dentro, jurava a mim mesmo que nunca mais voltaria a sair para o mundo, que as quatro paredes de cimento escalavrado do quarto alugado se transformariam no meu sepulcro em vida. Já não devia me faltar muito tempo para empacotar. Não devia me restar na vida muito mais o que ver, eu já havia visto mais ou menos tudo.

Assim transcorreu a noite e, imagino, boa parte da madrugada, entre gritos e lamentos. Consegui terminar uma segunda cerveja durante esse período e sentia a ligeira tontura do álcool e o *tu-tum tu-tum tu-tum* do meu coração batendo dentro do peito, por causa da pipada de crack pouco tempo antes. Tinha sido invadido por um formigamento ardente nas pontas dos dedos, nas palmas das mãos, nas plantas dos pés, por dentro das fossas nasais e das órbitas dos olhos, por causa de todo o veneno de escorpião que havia metido no corpo. Os gritos das pessoas acima da música de acordeões e trompetes, a luz de interrogatório, o cheiro de perfume, cerveja, infecção vaginal, fumaça, cinzas frias e suor de dias porejando dos assentos e das paredes começavam a exaurir meu sistema nervoso, que se sentia cada vez menos adormecido e apto a lidar com a sobrecarga sensorial que o avassalava de maneira implacável.

Lembro-me pouco da última parte da madrugada, apenas que, entre as pessoas que giravam por nossa mesa, eu via, chegando a intervalos, meu amigo Mike e Valerie, minha mulher. Eles sempre aparecem quando é hora do encontro com a *lady*. Rubí e Beto não ligavam para eles, mas eu comentei que a Val estava com aparência muito melhor do que da última vez, quando tinha ficado toda azul e cinza e se haviam secado aqueles olhos tão brilhantes que ela tem. Tão bonita ela, dizia-lhes, vê-la assim foi como deparar com uma flor fenecida. Já fazia um tempo que todos choravam, por turnos, mas a Rubí me abraçou e ficou chorando ao meu lado um bom tempo. Eu lhes dizia que já precisava ir, que tinha de alcançar a minha mulher.

— Não se preocupe, vá firme — dizia-me o Chachi —, porque sua esposa o espera no lugar para onde ela está indo. Lá nos vemos todos, já que todos vamos para lá, ora. Alguns demoram mais, só isso. É preciso ter cuidado para não ficar no meio do caminho, é ou não é? E você também, tenha cuidado de não ficar no meio do caminho quando seguir com os seus, meu chapa... Vá, não se preocupe, que a gente se vê por aí...

O Mike e a Valerie chegavam e me diziam que já precisávamos ir, que pelo menos saíssemos para um pico ou no mínimo um raio. Estava com dó de deixar aquela gente tão solitária e tão triste, mas vi a Val indo embora e disse a todos que voltaria logo. Saí atrás dela e, por mais que procurasse, não consegui encontrá-la, mas mesmo assim fui para um descampado pertinho do bar e aspirei um pouquinho de *lady* primeiro e, em seguida, mais um pouquinho. E depois disso não entrei de volta. Tenho vagas lembranças de cambalear pelas ruas do povoado a caminho do meu quarto numa hora em que a escuridão, o silêncio e a solidão do povoado eram os mesmos de quando saí horas antes, dias talvez.

Acho que era noite quando cheguei ao quarto. Fiquei fumando ópio e cheirando *lady* enquanto preparava um arpão. Depois me deitei na cama e me dei um pico, e aí tudo voltou à normalidade, até que enfim.

6

Achei que tinha conseguido. Já não restava nada: nenhuma consciência, nenhuma presença. Eu boiava no mar escuro anterior ao nascimento, quando começaram a bater à porta. Igual às outras vezes, primeiro devagar, depois cada vez mais forte, até eu sentir que queriam derrubá-la. Levantei-me sobressaltado, tive tempo de pensar se não seria melhor sair e dar pico lá fora na floresta, para não dar tempo de ser acordado antes que as formigas me devorassem até os ossos, mas arrastei meu corpo em direção à porta e a abri.

Era o dono, dom Tomás. Vinha perguntar se eu ia continuar lá e me cobrar, porque já se haviam passado dez dias desde minha chegada, queria saber quanto eu lhe daria. Acho que não foi um sonho de ópio, embora seja típico dos que costumo ter. Eu não tinha jeito de provar quanto tempo se passara e desconfio que o dono estava mentindo, se bem que era melhor não discutir, se quisesse evitar que ele me tirasse de lá à força. Dei-lhe quinhentos pesos para me tolerar mais uns dias. Tentou botar a cara para dentro do quarto, mas eu impedi. Ele me olhou com desprezo, como se eu fosse só outro bocado de lixo do montão que ele seria obrigado a tirar de lá quando eu concluísse meu projeto. Ele quis dizer alguma coisa, mas não disse, era mais conveniente ficar com os quinhentos pesos e mais o que arrancaria daquele negócio, se eu durasse mais uns dias extras na terra. No fim só me disse:

— Bom, ande logo com seu negócio, porque queremos usar o quarto pra acomodar a criada.

Foi embora, e eu contei o que ainda tinha: sobravam oitocentos pesos, uma pedrinha de pasta de ópio, que renderia três sonecas no máximo, e uns gramas de *lady*. Tudo estava se esfumando, mas eu continuava aqui. Às vezes esqueço que tenho certa pressa de cumprir minha missão. Não entendia como se evaporavam toda a hera e o dinheiro, mas depois pensei que, se continuava vivo, era porque tinha passado dias me picando e devia ter ingerido alimentos na última semana. Teria fumado cigarros, e meu corpo, no piloto automático, teria realizado toda uma série de ações de que eu não tinha a menor lembrança naquele momento.

Fiquei um bom tempo sentado na beira da cama, esperando que meu cérebro se pusesse em funcionamento. Lembrava-me de ter ido a um bar, das picadas de escorpião, do revólver com que queriam que me desse um tiro. Agora já não parecia tão má ideia dar-se um tiro. O resto continuava nebuloso. Minhas lacunas mentais estavam piorando. Fiquei com a cabeça apoiada nos braços por longo tempo, encurvado, paralisado. Meu olhar passeava pelo quarto, tentando reconstituir os últimos dias. Havia um garrafão deitado com um fundo de água, várias latas de atum e de feijão, potes de iogurte e de sopa amontoados num canto, invadidos por larvas, formigas e moscas, porções de cera derretida e dezenas de bitucas espalhadas pelo chão. Tudo estava recoberto por um espesso véu de cinza, o quarto cheirava a doença e a fumaça fria. O brandão de são Judas estava completamente consumido, mas deduzi que eu havia comprado mantimentos; eu tinha velas novas, isqueiros e fósforos, rum, algodão. As seringas estavam num estado deplorável, era evidente que eu não havia conseguido outras novas.

Das águas turvas da minha mente surgiam imagens, lembranças, algumas que não podem ser reais, só podem ser coisas que imagino por ação do ópio. Sei que não é possível ter entrado na floresta rumo às fazendas, porque, se tivesse feito isso, não teria saído de volta. Tudo aquilo seria o sonho crepuscular de um moribundo. Acho que tenho passado vários dias perambulando pelo povoado, mas quase não tenho lembrança deles. Chegam-me cenas, flashes de mim mesmo vagando pelas ruas de Zapotal, sedento e nu. Era seguido pelos cachorros de rua, que me observavam e pareciam dizer:

— Olha só, lá vai o Mortinho. Siga-o para ver qual é a dele.

Lembro-me de ter chegado a um sítio, que eu acreditava em ruínas, buscando água, onde encontrei um curral de vacas esqueléticas. Lembro-me da sensação de espremer lodo na boca, para que a água molhasse minha garganta dolorida, e de mastigar terra porosa e crocante. Lembro-me de ter sido encontrado por uma adolescente que trazia um balde e começou a gritar, e de que, na confusão que se seguiu, um homem idoso me tirou da área empunhando um facão. Lembro-me de que, já na porta, ficou com pena de mim e me deu uma manta, me fez sentar debaixo de uma lâmpada que lançava uma luz amarela fraca e palpitante e pediu à mulher um prato de arroz com favas, que comi sem dizer nenhuma palavra antes de me afastar cambaleando de volta para o crepúsculo. Não sei em que momento aconteceram essas coisas. Arrasto muito tempo perdido atrás de mim. Sei que tudo se conjuga e se enlaça de alguma forma para chegar a este momento ensurdecido e febril, mas me custa cada vez mais distinguir o que vivi do que sonhei.

Não tenho nenhuma lembrança de quando foi a última vez que saiu excremento do meu corpo. Talvez desde minha chegada a Zapotal, mas no meu intestino não há nenhum movimento, nem mesmo barulho. A única coisa que sinto palpitar no meu corpo, além do tênue batimento do coração, é o ardor no braço esquerdo, bem onde me pico. Juro que põem alguma coisa nesse bagulho que vai comendo a carne da gente. Todo o músculo ao redor adormece, enfraquece e vai virando uma espécie de papa, e, quando são muitas as picadas no mesmo lugar, as feridas supuram e fedem, demorando mais tempo para cicatrizar.

Sinto uma espécie de cansaço ardente que percorre minhas veias, e tenho muito calor. Não sei se é o clima tropical ou os sintomas de uma febre amarela, ou se já está se formando nas minhas veias envenenadas o início de uma septicemia para a qual ninguém neste povoado poderá receitar um tratamento. Devo estar pesando uns quarenta e cinco ou cinquenta quilos, no máximo. Não deve faltar muito. É surpreendente a tenacidade do meu corpo para se manter vivo, apesar da fraqueza em que estou.

Sem dinheiro, vou me ver forçado a dar o cu para comprar mais hera, e neste povoado não haverá como conseguir nem a pasta mais chinfrim. Não é possível que haja mercado para a *lady* neste lugar. Se houvesse, há muito tempo a heroína teria virado praga, devorado a população inteira. Não restariam no povoado senão casas vazias com cadáveres cinzentos e secos deitados nas camas, sentados nas poltronas e nos sofás das salas diante das televisões ligadas, com seringas saindo do braço. Não, neste lugar não há hera, tão longe estamos de tudo. Seria preciso viajar para a cidade mais próxima, e para isso eu teria de dar o cu muitas, muitas vezes, e com certeza teria o ataque no meio do caminho e começaria a tremer e a suar frio, a gritar e a sentir que todo mundo quer me matar ou prender. Se eu chego a ficar fissurado aqui no meio do nada, prefiro que alguém me dê um tiro. Não posso me permitir chegar a esse ponto.

7

Cheguei a uma encruzilhada na minha existência, e é imperativo fazer mudanças drásticas no meu método. Por isso, tomei as medidas que previ para esse tipo de situação: preparei uma viagem de ópio e vou me deitar na cama, para fumar.

Uma sesta de ópio é o que há de mais prazeroso e, para mim, especialmente sadio, porque em seguida começa a voltar uma espécie de lucidez, e eu me lembro de tudo o que esqueço quando estou desperto. É como se eu tivesse toda uma existência paralela que transcorre a partir deste catre, e o simples cheiro da fumaça do ópio me lembra esse lugar. Seu sabor, como de pão doce recém-saído do forno, adormece minha garganta e me imerge nesse espaço cálido, aveludado. Inalo várias vezes enquanto ainda consigo controlar meus membros, antes que eles se tornem alheios a mim. As coisas adquirem brilho, um esplendor interno que lhes confere uma respiração tênue, igual à minha, igual às batidas do meu coração, que vão se tornando imperceptíveis. Sinto no meu corpo uma chispa de vitalidade mais ou menos equivalente à que sinto percorrer a caneca de metal, a pintura da parede, o pé da cadeira. Minha carne se torna indistinguível da matéria com que são feitas todas as coisas, e meu espírito se desata dela e se solta, divagando pelo tempo e pelo espaço.

Vejo formar-se um vale perto do mar, e um carro vermelho o percorre por um caminho de terra, levantando poeira e areia. Observo a clareza da cena, como se estivesse dentro dela, antes de perceber que já vivi aquilo. Foi quando Cleto, Jairo e eu fomos comprar *lady* no litoral. Tínhamos dezenove anos, e em dez dias havíamos acabado com uma bolota de ópio do tamanho de uma laranja, dez mil pesos de pura diversão que eram para durar três meses. Nesse meio-tempo, o fornecedor sumiu, e tivemos um bode infernal. Saímos percorrendo os bairros, assustados e suando frio, e, como não arrumamos nada, subimos no carro do Cleto e fomos de uma vez para o litoral. Ainda vejo o cabelo moicano e o dente quebrado do Jairo, sorrindo, apesar da fissura. Ouço-o dizer que, no litoral, vai ser fácil se esbaldar, que os gringos vão lá passar férias para isso, que não tem erro, ali mesmo na praia com o cara que vende coco. Mas nunca encontramos pasta de ópio. A única coisa que havia era *lady*. Nenhum de nós a havia provado, mas só o que queríamos era alívio. E, de fato, aliviou.

Na primeira vez que usa heroína, você sente que, finalmente, encontrou uma coisa extraordinária, pela qual vale a pena viver. Não tínhamos nada assim. Nossa vida ia ser muito comum e solitária, até encontrarmos a *lady*. Então era como se tivéssemos nos unido à mulher mais sensual do planeta. Motivo para não nos separarmos mais. A gente sente muito vigor, sente que as coisas chegam com facilidade e dão certo. Você se sente o mais espirituoso da festa, o mais lúcido, o mais sensual. Ela ampliava o leque de sensações à nossa disposição muito além do nível que os mortais podiam se permitir, mortais que começávamos a olhar com desdém. Quando usa a hera, você é feliz, como se soubesse exatamente do que precisa, faz as coisas com tanto gosto e tanta facilidade que depois sente que já não pode fazer nada sem ela. Chega a achar que a vida sem ela nem sequer é vida, é só um emaranhado de dor e mal-estar, uma corrida de obstáculos. A verdadeira vida, embora poucos saibam, é a que se vive sob a influência da grande senhora.

É bom saber que a gente pode programar o fim de todos os problemas três vezes por dia. A miséria que nos aflige torna-se cada vez mais terrível e insuportável, mas a solução é cada vez mais simples, também. A gente foge de tudo o que é familiar para penetrar nesse mundo e entende que habitá-lo vem com um preço muito alto, e são poucos os que estão dispostos a pagá--lo. A gente acredita que estar disposto a pagar o preço nos confere nobreza e nos transforma num ser de outra espécie, e é o que acontece. Você se torna um ser de outra espécie. Acaba por dar o passo, acreditando que, embora o custo seja alto, as recompensas valem.

No mundo suntuoso e aveludado do ópio, sinto que entro no meu lar, lugar antigo e lendário que me foi íntimo e familiar há muito tempo. Ao meu redor há tetos ornamentados, domos muito baixos que me envolvem como casulos, e eu me regozijo ao ver os rostos dos meus amigos em volta, porque sei que estão ali, comigo, naquele salão voluptuoso. Aquele lugar no qual se realizam todos os meus desejos é meu, e assim é que tenho de estar, como mereço estar, eu, que estou dotado de elevada nobreza e sinto correr por minhas veias um sangue azul, quase púrpura por falta de oxigênio. Os rostos que me rodeiam são formosos, amistosos e me observam com um carinho cálido, até com certa admiração.

Você fica recostado num trono, observando uma paisagem vasta e fértil, e tudo o que a vista abarca é seu. É o panorama de sua mente, e, por algum tempo, você pode habitá-lo plenamente, sem nada que perturbe sua placidez. Daquele trono, pode contemplar seu reino e ficar satisfeito. Um monstro que tentasse te devorar só toparia com ar, com uma substância imaterial, inapreensível. Seria possível chegar à iluminação, à plenitude total, não fosse pela comichão que aparece no instante em que se desvanece a onda e se volta a ser mortal; um ser pequeno e frágil, feito de uma matéria mole que se retorce cheio de câimbras. Acaba sendo uma bênção saber que não é difícil retornar, que o caminho de volta já está traçado. Passava o efeito, e Cleto e eu virávamos um para o outro, e um de nós dizia sorrindo:

— Outra?

Era como perguntar a uma criança se quer outro sorvete ou se quer subir de novo na montanha-russa. Aquele momento que passávamos sorrindo antes de responder não era para perguntar se o faríamos ou não, mas para nos reconciliarmos com a inutilidade do dilema e, talvez, criar a ilusão de que tínhamos deliberado.

— Eita, outra.

Assim passamos vários dias deitados na praia, cheirando. Jairo ficou adormecido debaixo do sol e teve queimaduras de segundo grau. Parecia um torresmo ambulante, mas nem assim quis ir ao médico. Curou a queimadura com a hera. Quando lhe perguntamos por que não saiu do sol, disse que sentia que estava se cozinhando e ficando saboroso. Aquela viagem foi repugnante, em retrospectiva; passamos aqueles dias em quartos coalhados de baratas, vomitando, picados por mosquitos e pulgas-do-mar, tratando o Jairo com vinagre branco, enquanto a pele dele ia se desfiando. Mesmo assim, eu só me lembro de nós sorrindo, o tempo todo. Aquela foi a primeira vez, e sempre a revivo porque nunca houve nenhuma outra como aquela. Aquela vez na praia com o Jairo e o Cleto, eis a sensação que estive procurando anos a fio e não consigo encontrar, aquele lar meu ao qual nunca poderei regressar, que só consigo entrever como agora, de longe.

Alguns meses mais tarde, o Jairo morreu e o Cleto foi mandado para o interior; nunca mais o vi de novo. Nunca nada voltou à normalidade depois disso. As pessoas ficam sabendo que você está usando hera e se perturbam, como se as estivesse obrigando a usar. Na minha opinião é porque têm vontade e ficam nervosas quando sabem que é você que tem a droga. Vai que você as tenta, ou algo assim. Você diz heroína e parece que disse antraz ou algo parecido. Diz que ela é sua *lady*, então querem te queimar vivo, como as bruxas.

No começo te tratam bem para você morder a isca; dizem que você é único e especial, que vão te tratar bem, e, quando você acha que talvez possa passar algum tempo gozando a metadona que te dão no café da manhã, aí é que eles ficam putos. Diminuem a dose, obrigam você a ficar quieto, se metem na tua vida e, se você não quiser contar nada, gritam e te trancafiam. A tecnologia é moderna, mas o método continua sendo medieval. Você fica sabendo que a fissura da metadona é pior que a da hera e dura meses — ora, faça-me a porra do favor —, meses gripado e cagando nas calças, que só te atraíram para aquela merda para te manterem bem amarrado e sem poder ir para nenhum lado.

Tenho certeza de que as visões do inferno que a gente vê nos museus foram inventadas por alguém que teve de se curar da fissura; é uma farra de fluidos putrefatos supurando de cada orifício do teu ser, acompanhados de formigamentos e câimbras insuportáveis, dores lancinantes e ardentes que atravessam o corpo, alucinações; até os rostos dos enfermeiros se tornam grotescos. O prazer e o ar de benevolência com que te torturam são aterrorizantes. Nunca gemi como naquele lugar, nunca senti dor daquele jeito. Aí você se dobra, amolece, e começa a contar tudo o que acha que eles querem ouvir.

Decidem que você está louco, e é como entrar numa máquina de desossar; você sabe que não vai sair inteiro de lá, que eles não vão desistir enquanto não arrancarem gordura, ossos, ligamentos, enquanto não deixarem de você mais que um filé de carne limpa, vermelha. Comigo, essa história de terapia nunca funcionou. Dizem que você se droga para chamar a atenção do teu pai, porque está em busca de afeto, porque no fundo está procurando a mãe.

Eu dizia: "Brother, tá falando sério?" Olha, em mim não vão institucionalizar as frustrações sexuais de um gagá falastrão e dizer que com isso vou me curar. O que eu tenho se chama vida, e isso só se cura com aquilo que eu estava tomando. Se o tal velho tivesse se injetado hera, agorinha estariam me dando um prêmio. Dizem que se drogar não é jeito de viver, porque você vai se matando aos poucos; mas, meu amigo, a vida mata, e eu prefiro viver a minha assim. Você diz que eles são uns porcos fascistas sem humanidade, e eles te dizem que as portas estão abertas, que ninguém está te segurando. E você decide voltar à vida que te espera lá fora.

Portanto, agarrei meus trastes e fui embora.

Voltei aos braços da minha *lady*, a dormir nos sofás de amigos, às vezes, embora isso nunca durasse muito. Nunca fui o favorito dos pais deles. Nunca jamais me disseram: "Fique, coma alguma coisa, aqui não te julgamos, aqui te apoiamos. Pode ficar todo o tempo que precisar."

Eu teria agradecido. Teria dito: "Obrigado, minha senhora. É mesmo da hora mandar ver uma hera aqui na sua sala."

Só restaram as entradas de edifícios conhecidos, seus telhados, alguns parques, as entradas de lojas fechadas. Foi assim por algum tempo. Vejo com clareza as ruas da cidade, as avenidas escuras e úmidas por onde vaguei durante dias e noites inteiros com fissuras de arrepiar os cabelos. Lembro-me da presença de gente acendendo vela ao meu lado, enquanto eu dormia numa calçada. Não sei se aquela gente era real, já naquela época a heroína estava dissolvendo meu cérebro, eu via gente e coisas que não estavam ali, e era incapaz de olhar para uma parede sem que dos padrões do cimento surgissem as silhuetas oscilantes de caveiras e demônios. É um suplício incontrolável, e a única coisa que me livra é a *lady*. Em seguida sinto que meu coração se tranquiliza, ouço-me dizendo: "Calma, menino, por que você vai pela vida tão acelerado? É tua hora de descansar..." As paredes recobram solidez, fecham-se as portas do inferno, e tudo deixa de ser tormentoso e ameaçador por um algum tempo.

Houve quem me levantasse dali. No começo me davam medo, porque pareciam leprosos ou sobreviventes de uma bomba atômica, parecia que alguma coisa lhes estava carcomendo a pele. Eu os seguia desconfiado pelas ruelas escuras para uns lugares que a duras penas podiam ser chamados de prédios abandonados. Eram porões com cheiro de morte, onde as pessoas iam deixando pedaços de si; roupa e colchões, seringas, rastros de sangue e porra impregnados no piso, nas paredes, merda amontoada em baldes abandonados meses antes. Ninguém tirava o lixo, ninguém sequer conseguia se levantar; tinham virado parte da paisagem. Deixavam ali espalhados até seus anseios, desejos e ambições, que supuravam de seus corpos enquanto estavam ali estirados, cadavéricos, a tal ponto que se podia sentir a substância etérea e viscosa com que eram feitos os sonhos de todas aquelas pessoas quando a gente se deitava no chão ou se apoiava em alguma parede.

Você chega a se perguntar como alguém pode viver ali. Mas eles te recebiam, preparavam para você uma hera à luz de uma vela. Não existe generosidade como a de quem tira a heroína da própria veia para injetá-la na tua. Quando você sente a viagem, toda a gastura que vinha carregando acaba por se dissipar, você os observa de novo e parece que dá para enxergar através do véu opaco dos olhos deles, da casca ressequida e gretada da pele deles. É como se os visse de verdade pela primeira vez, e então entende que, por baixo, são como anjos. Seus rostos são de uma beleza sobrenatural, e eles brilham com uma luz que emana do interior. Seus olhos te observam com quietude divina, algo parecido com o que algumas pessoas chamam "piedade". Então você compreende que aquelas pessoas vivam ali. Aquele lugar aonde você chegou é o mais cálido e acolhedor de toda a terra.

Faz muito tempo que não sinto uma presença benévola por perto, como as que sentia naquela época. Chegam-me lampejos de presenças cálidas e próximas, cheiros que me fazem retornar a tempos remotos. Vou seguindo o rastro do que é doce, suave e cálido, diretamente rumo àquele lugar sem retorno, e a caminho nunca deixo de me encontrar com a minha Valerie. Minha princesa punk, tão sofisticada, tão refinada. Quando fumo ópio vejo-a como se estivesse viva, lembro-me de sua pele tatuada com monstros marinhos e línguas apunhaladas, como um mapa do tesouro. Toda ela era o tesouro, um mistério que eu não queria chegar a desvendar nunca.

Épocas irrecuperáveis ganham vida diante de mim como miragens, mas vejo tudo de fora, com o desprendimento de um espectro. Revivo nossa convivência terrível, desenfreada, os dramas nas escadas de seu prédio, seus prantos e gritos descontrolados quando ficava sabendo que eu estava com a *lady* em vez de estar com ela, e como sempre voltava, amando-me mais que antes, como se fosse urgente, como se soubesse que o tempo se acabava. A Val nunca gostou de hera, mas sabia que não podíamos estar juntos de outra maneira, por isso enveredou pelo caminho comigo. E me ultrapassou. Quando fumo ópio e a vejo entre sonhos, ela não está triste nem zangada. Não se pode dizer que esteja me esperando, porque já não está sujeita às leis do tempo. Observa-me de longe, talvez se comova um pouco por me ver lutar para chegar até ela.

Sinto meu cachorro, Milho, num canto do quarto, como se estivesse ali, lambendo minha mão, girando ao meu redor, grunhindo e choramingando, esperando que me passe a onda para poder ir passear. Pobre Milho, acho que passou boa parte da vida com vontade de mijar. Vejo-o na minha frente tal e qual o encontrei, ainda filhote. Lembro-me de quando cheguei à toca e o Mike estava brincando com ele e, quando entrei, me disse:

— Véi, que que cê acha? Nós encontramos o teu cachorro. Olha só, igualzinho a você.

O pobre Milho estava magro e fodido, coberto de graxa de motor. Sim, era idêntico a mim. Eu ainda não tinha acabado de dizer não e de reclamar, e o cachorrinho já me seguia para todos os lados com aquela cara de órfão faminto. Ouço seus gemidos de fundo, insistindo. O Milho era o cachorro mais esperto do mundo. Dobrava todo mundo. Aprendeu a farejar hera e encontrava os aviões quando saíamos para comprar. Depois, se a gente desse uma experimentadinha no trem, ele nos acordava antes de passar a estação. Muitas vezes, mesmo assim, perdíamos a estação por não lhe darmos atenção. O que eu mais gostava naquele animal era que ele se sentia feliz só de estar deitado comigo, me fazendo companhia enquanto ia passando a onda, e a única coisa que pedia em troca era ganhar uns croquetes e sair para mijar. Acho que é possível procurar em toda a face da Terra e nunca encontrar um amigo assim, como esse que eu tive.

Ainda cochilando me preparo um arpão e dou umas puxadas de ópio. A *lady* prolonga as visões do ópio; entro num estado cadavérico e me deixo hipnotizar pelo espetáculo de luzes dentro do meu crânio. Lembro-me de passar dias inteiros assim, estendido num colchão, ensaiando para não me levantar nunca mais, sentindo como as paredes do quarto pairam sobre mim até se prensarem em volta do meu peito. Meus ouvidos zumbem com um som elétrico, como cascatas ou cabos de alta tensão, mas mesmo assim os barulhos do povoado entram por minha janela, e do meu profundo sopor sei de tudo; ouço o ladrar dos cães e os sinos da igreja, os passos arrastados dos que vagam pelas ruas, as brigas mortais e o choro de raiva que os seguem. Ouço a passagem dos enterros e os gemidos de prazer e de dor que saem das casas a qualquer hora do dia. Volto a saber o que acontece quando estou do outro lado da fumaça; é porque os mortos regressam, ou sou eu, talvez, que vou ao lugar onde os mortos vivem, e eles me deixam ficar em sua companhia por algum tempo.

Sim, a heroína é um portal para o mundo dos mortos. Porque mata lentamente, e não há nada como uma vida consumindo-a, só descensos mais ou menos prolongados ao inframundo. Mas também porque, quando você se injeta *lady*, tudo se torna mais lento. Cria-se como que um silêncio em seu interior, e você os ouve, os sente ao redor. Ouve seus cochichos constantes e sente sobre si seus olhares inquiridores, cheios de interesse.

Os mortos nos observam com fascinação, mas com total desprendimento. A maioria já não está envolvida em assuntos da Terra; acho que sentem ternura por nós e pena, sim, pela importância que damos a tudo. Veem tudo como por trás de um vidro, da perspectiva de quem já não tem nada em jogo, de quem já não se opõe a nada, nem mesmo ao próprio tempo.

Existem alguns que não querem estar mortos, que querem continuar fazendo o jogo da vida e, como não conseguem, agitam-se e andam inquietos pelo mundo, aporrinhando os vivos. Neste povoado eles são multidão. Vão e vêm pelas ruas e pelos corredores das casas, entram aqui de curiosos e observam. A melhor coisa é ignorá-los, porque, quando percebem que você pode vê-los, interessam-se por você. Vêm sentar-se na minha cama ou ficam no limiar da porta, falando comigo, porque sabem que os ouço, que no fundo sou um deles, embora continue deste lado. Contam-me suas preocupações, mandam-me cumprir incumbências, dizem:

— Eu lhe imploro, vá, por favor, falar com meu primo e diga que não guarde rancor de seu compadre por culpa daquela mulher que o seduziu. Se vir que está bêbado e adormecido, aproveite e pegue a espingarda que ele deixa em cima do fogão e largue-a jogada na floresta. Aquela escopeta foi do meu tio, e o tio vai ficar triste se ele a usar para matar seu afilhado. Diga ao meu primo que nunca vão poder descansar, nem ele nem seu compadre, nem o tio. Por favor, vá e diga-lhe isso antes que ele faça alguma coisa que não deve, estou implorando pelo que você mais ama na vida...

Assim chegavam e falavam, e eu lhes dizia que não, que não era assunto meu, que eu tinha vindo ao povoado para encontrar paz, que, se me encontrassem roubando armas, iam me amarrar e linchar, que eu não servia para isso.

— Você já está de saída, não custa nada. Faça alguma coisa boa antes de ir embora, não seja ruim.

Até os mortos tentam tirar proveito da gente, mesmo quando alguém já está deixando a carcaça em cima de uma cama, virando pó devagarinho, quando já só serve para escutar suas queixas.

De outra vez entrou uma menininha no quarto. Primeiro achei que era uma menina do povoado. Tinha uns nove anos e chegou chorando, perguntando do seu cachorro.

— Você não viu o meu cachorro? — dizia. — Fugiu para o outro lado da estrada, corri para alcançá-lo, mas não o encontro.

Eu fingia dormir, mas a menininha insistia, até que abri os olhos, um pouco, e levantei a cabeça. Disse-lhe:

— Não, querida, seu cachorro não está aqui.

A menina só sorvia o ranho do nariz e esfregava os olhinhos.

— Onde está o meu cachorrinho? — perguntava choramingando.

— Teu cachorro se foi com a luz — disse-lhe —, você também precisa ir para lá, lá vai encontrá-lo.

A menina ainda ficou teimando alguns minutos, gritando e me dando puxões. Não sei se ligou para o que eu disse, mas depois de algum tempo foi embora, com certeza para continuar procurando o cachorro.

Assim vieram vários. Mais tarde, quando acordei e me sentei na cama, ainda me lembrava deles, de quem eram e o que vieram dizer. Cada um tinha ficado preso numa espécie de círculo; o tempo passava, mas eles se empenhavam em fazer a mesma coisa. Vão procurando quem os ajude e, assim que encontram alguém, começam a lamentar-se e a suplicar, porque acham que essa pessoa vai sentir pena deles e ajudar. Chega uma e diz:

— Tire de mim essas meias, por favor. Nunca, em toda a minha vida, usei soquetes amarelas. Meus filhos me calçaram assim por pura maldade. Por favor, eu suplico. Vá até ali ao cemitério e tire de mim essas meias.

Depois de um tempinho, chegava outro e dizia:

— Olhe, vá procurar o sítio deste seu servidor, Antonio Sierra. Diga à minha mulher que ali debaixo da figueira eu enterrei um cofre com pingentes de prata. Eu tentei dizer, mas não consegui, por causa da paralisia. Diga que fui eu que o enviei, e que em troca ela lhe dê os brincos de esmeraldas... depressa, vá...

E, pouco depois, outro:

— Me dá dinheiro pra uma cervejinha, moço, por favor. Eu já estava indo pra casa e uns peões me deram uma surra. Só quero tomar um trago pra passar o susto. Ando pedindo, pedindo, ninguém me dá. Tenha piedade em seu coração.

Fiquei ali sentado na cama um bom tempo, pensando enquanto fumava um cigarro atrás do outro. Faz muito tempo que estou nessa. Sei o que está acontecendo, sei que a droga não só adormece o cérebro como também o contamina, vai corroendo e desgastando. Vi isso acontecer incontáveis vezes; os caras começam alucinando, acham que a casa já foi tomada por bichos, sentem formigas na pele e larvas na barriga. Depois começam a ver todas as pessoas que deixaram pelo caminho, a vê-las ali sentadas, falando com eles. Se não se matam rápido, acabam delirando e babando, debatendo-se na cama, incapazes de se levantar para não cagar ali mesmo. Ficam com os nervos como uma pasta de borracha.

Pensei muito no irmão da minha amiga Elisa. Era chamado de Cristo, faça-me o favor, imagino que o nome dele era Cristóbal. Uma das primeiras lembranças que tenho desse fulano é que no quarto dele o teto era cruzado de um extremo ao outro por marcas de esguicho cor de café, porque, quando ele picava a artéria, saíam jorros de sangue com pressão, e, quando o conheci, não faltava muito para o teto acabar de ser pintado por inteiro. Seu sangue foi infectado, e as bactérias começaram a carcomer as válvulas do seu coração. Não sei quantos milhões de picos de hera os pais da minha querida Elisa gastaram para mantê-lo vivo, mas o fato é que consertaram o coração do irmão dela, e, como ele continuou se picando depois disso, a infecção voltou.

O bom Cristo terminou num isolamento hospitalar; como já não havia maneira de controlar a infecção, de tempos em tempos era preciso abrir seu peito para operá-lo ou injetar os antibióticos, de modo que já nem o fechavam de novo. Mantinham-no deitado na cama cirúrgica do quarto, totalmente consciente, com o peito aberto e o coração exposto. Dava para ver como batia e tudo. Até ele, esticando o pescoço, podia espiar ali dentro. Deram-nos umas máscaras e nos deixaram entrar, dizem que para nos despedirmos dele. Na realidade o usavam para nos assustar, e a verdade é que, de fato, o sujeito dava medo. Filho da mãe do Cristóbal, mesmo com o coração e toda a carne ao ar livre, sorria para você, conversava. Elogiava as merdas das drogas que lhe enfiavam a cada instante do dia, principalmente para acalmá-lo, porque, assim que lhe entrava um pouco de lucidez, a única coisa que ele fazia era ficar em pânico e suplicar o favor de o matarem, mas não havia nada que fazer. Os pais queriam salvá-lo. Queriam que ficasse vivo na marra.

Foi mantido assim durante vários dias, semanas talvez. Claro que depois de um tempo o coitado começou a desvairar. Fixava o teto com o olhar que os *junkies* têm em plena viagem, como se por lá se filtrassem visões vindas de outra dimensão. Cumprimentava todo mundo, um por um, até os que já não estavam ali, falava de toda a opulência e do refinamento que o rodeava, de como lá só havia silêncio, e do silêncio saíam as vozes de pessoas que cuidavam dele, e pensávamos que ele estava falando do quarto do isolamento. Nunca vou esquecer o Cristo falando conosco, chorando e fazendo caretas, com o coração descoberto. Parecia um experimento nazista, o filho da mãe. No fim, não se entendia bem se ele estava vivo ou se já estava só reanimado, se era ele que gemia e se retorcia, ou se era só seu corpo que continuava ali, se sacudindo. Vai saber o que tinha de pagar, por que resistiu tanto, que acabou com o coração ali, à vista de todos, como se nem isso o tivessem deixado guardar na intimidade de seu peito.

Sei que faz tempo que meu cérebro está todo liquefeito pela droga, que não posso confiar no que vejo e no que ouço. Sei que sou incapaz de distinguir entre os sonhos do ópio e minha vida cotidiana, e é absurdo acreditar que posso ouvir os mortos, mas, quanto mais penso, mais sentido faz. Estou tão perto de ser um deles, que a fronteira que nos separa se torna sumamente tênue, talvez até deixe de existir de vez em quando. Já faz tempo que isso me acontece, só que, quando estou desperto, é difícil lembrar. É como se eu já fosse um deles, um espírito que se aferra com teimosia ao cadáver que vai carregando.

Não deve ser a primeira vez que um *junkie* como eu desenvolve a capacidade de ver os mortos. É provável que isso tenha acontecido com o bom Cristo e que também aconteça com os velhos, os doentes terminais, as pessoas anestesiadas numa mesa de operações ou presas em desmoronamentos ou incêndios. É um fenômeno pouco conhecido porque, estando tão perto do umbral, a mente sofre demais e já não entendemos bem o que nos está acontecendo. Nosso corpo é incapaz de falar, ou então não resta ninguém a quem dizer o que nos está acontecendo. Ninguém nos ouve e, se ouve, acha que estamos loucos. A capacidade dura o que dura esse estado limítrofe e transitório que nos separa do vazio, e em pouco tempo estamos mortos também. Já não há nada para contar nem ninguém a quem contar. Por isso, preciso contar aqui, enquanto ainda consigo.

Ocorria-me que, em outros tempos, com um pouco mais de vitalidade e ambição, eu poderia ter tirado proveito dessa situação. Um nigromante capaz de funcionar como intermediário entre os mortos e suas famílias parece ser uma profissão altamente lucrativa num povoado como este. Poderia cobrar entrada numa tenda de lona para estabelecer a comunicação entre os vivos e seus defuntos, resolver os problemas que afligem as almas penadas que, por sua vez, atormentam os descendentes, tudo com a vantagem adicional de que, diferentemente do espetáculo fantasmagórico e constrangedor elaborado pela maioria dos médiuns charlatães e bruxos de araque, não teria sido uma trapaça. Poderia ter chegado a ser um homem de status e poder em Zapotal, o tipo de homem respeitado a quem as famílias oferecem suas filhas como pagamento por um serviço inestimável, que o povoado ama e mantém, provendo a todas as suas necessidades, só para que ele não vá a outro povoado oferecer seus serviços.

Por outro lado, vai saber se toda essa gente que me visita é real. Pode ser que essa seja apenas outra maneira de ficar louco, a que me cabe. Só haveria um jeito de comprovar com certeza: seria ir ao sítio desse tal Antonio Sierra e verificar se, de fato, o homem escondeu um cofre com pingentes de prata debaixo da figueira. Não tenho outro motivo para fazer isso, senão o de comprovar minha teoria e demonstrar que não estou louco e também porque logo a *lady* vai escassear, e, se eu precisar voltar a alguma cidade para comprar mais, é melhor prever com um pouco de antecipação.

É muito provável que então eu já tenha cruzado a fronteira embarcado na lancha da minha senhora. Conseguirei cruzar, sim; só ficam os que têm alguma coisa em jogo deste lado, e eu já não tenho nada em jogo, só isso. Quero provar que tudo isso não é somente um delírio, porque daria sentido à minha missão aqui. Confirmaria que, de fato, sou um visionário, algo parecido com um santo, e não só um *junkie* que não teve volta atrás. Sinto que me faria bem sair, talvez pela última vez, deste cubículo de cimento onde estou encerrado há dias, que começa a adquirir o aspecto poeirento e putrefato de uma cripta. Talvez um pouco de esforço físico, um pouco de ar e de sol termine por me dar fim. Tempo para o túmulo haverá, e, se ficar provado que tenho razão, pode ser que eu até consiga extrair algum ganho, por menor que seja, de toda essa situação de merda. É isto, afinal de contas, o que me importa: não ficar sem hera. A quem diacho poderia interessar ser um homem de status, amado e respeitado... num lugar como Zapotal?

8

Faz tempo que não controlo a parte da minha mente que toma decisões lógicas, embora saiba que ela ainda existe. Sei que há uma lógica em mim, embora não saiba exatamente o que a rege. Não sei, talvez exista mais de uma. Às vezes tenho a impressão de que há duas pessoas dentro de mim: uma — que identifico como "eu" —, que tenta extinguir a si mesma e, dessa maneira, livrar-se do peso da matéria usando os meios mais indolores e expeditivos ao seu alcance; outra, muito mais turrona, viciosa e escorregadia, que se mantém viva apesar de tudo e me arrasta atrás de si aonde quer que vá.

Meu processo de tomada de decisões consiste num enfrentamento feroz entre essas duas facetas da minha personalidade, com a consequência de que às vezes o simples ato de ir à cozinha e lavar uma xícara me toma dias inteiros, mas, para idear e executar um senhor engodo a fim de conseguir um grama de droga, eu poderia levar vinte minutos, com contratempos. É raro as duas faces conseguirem entrar em acordo e tomar qualquer coisa parecida com uma decisão, mas, quando isso acontece, sempre percebo quando já é tarde demais, quando já estou vestido e perambulando pelas ruas como um cadáver reanimado; com perfeita consciência do lugar aonde vou, mas sem nenhuma noção do modo como cheguei ali.

Acabo caminhando pelas ruas de um povoado perdido, rumo ao sítio de um homem que nem sequer sei se existe. Não preciso dos brincos de prata, porque logo, logo vai se desligar este motor que trago dentro do peito. Dom Tomás, ou seja lá quem me encontre, pode usá-los para pagar meu enterro ou talvez — o que é muito mais provável — fique com eles pelo incômodo de ter de lidar com meu corpo quando eu já não estiver aqui. O mais certo é que, se eu não conseguir morrer com a droga que tenho, ter os tais brincos vai me dar uma margem de manobra, uma via de escape em caso de tudo dar errado.

É difícil conseguir informações neste povoado. As pessoas se esquivam de mim e se dispersam quando veem que me aproximo, e me custa muito acelerar o passo para alcançá-las. Levantei a voz e tentei chamá-las, mas é como se em toda a aldeia só houvesse surdos. Ia arrastando os pés para avançar pelas ruas poeirentas e mal asfaltadas, debaixo do calor acachapante.

Meu corpo queria suar, mas nele não havia água, e, em vez disso, ele ardia como se tivesse feridas abertas por todos os lados. Observei minhas mãos gretadas, minhas roupas esfiapadas; tudo o que eu era parecia desmoronar e deixar um fino rastro de pó acinzentado por onde passava. Ouvia-se o zumbido dos moscardos voando sobre a relva de um lado do caminho, mas, além disso, silêncio absoluto, como se o tempo estivesse suspenso. Bati às portas de algumas casas de adobe e teto de zinco, puxei cordas que punham a tocar campainhas dentro das fazendas, mas ninguém atendeu. Ao longe eu via a igreja e pensei que a melhor opção poderia ser ir naquela direção. A caminhada era longa, e eu não me sentia pronto para uma travessia como aquela, mas meus pés se alinhavam, um na frente do outro, e avancei.

Ia andando pela calçada e sentia presenças ao meu redor, mas, quando parava para observar, não se percebia um único movimento em toda a vizinhança. Acreditei distinguir aqueles garotos vestidos de farrapos, seguindo-me pelo meio do mato, mas muito depressa perdi seu rastro. Depois de alguns momentos, vi a silhueta de um homem vindo pelo caminho em sentido oposto ao meu, falando sozinho. Parecia preocupado, imerso em seus problemas. Vinha massageando o pescoço, os ombros, as costas e, quando chegou perto, ouvi que dizia: "Ai, bá... minhas costas... como me doem as costas..."

Ao cruzarmos, levantou o olhar e me viu, enquanto eu seguia ao largo. Não se afastou nem se sobressaltou, só ficou me olhando ali de pé e me disse:

— Escute, não tenho ninguém atrás?

Éramos os únicos num perímetro de centenas de metros.

— Não, chefe. Ninguém.

— Poxa, é que eu sinto alguma coisa aqui atrás... — dizia e se virava para enxergar por cima do ombro e coçar ou massagear algo nas costas —, que arde pra caralho...

Aquele sem dúvida era o louco do povoado. Gostaria de tê-lo evitado, mas não havia tanta gente ao alcance para me esclarecer, por isso lhe perguntei:

— Faz favor, o sítio de Antonio Sierra?

Olhou-me como se não tivesse ideia do que eu estava falando.

— Está na direção errada — disse. — O cemitério é pra lá.

Apontou na direção oposta à qual eu me dirigia.

— Não vou pro cemitério — respondi.

Ele me olhou perplexo, sorridente, como se estivesse se divertindo comigo.

— Todos vamos para lá.

O sujeito parecia confuso. Acho que pensava que eu era um morto. Poderia ter prestado mais atenção. Devem estar muito acostumados com eles por aqui.

Continuei andando.

— Escute — diz ele —, sabe quanto custa o passe? Paro um instante, perplexo.

— Passe para onde? — pergunto. — Daqui a pouco vão cobrar para andar por aqui?

Olha-me, ri e tapa a boca, como se já tivesse falado demais.

— Não, homem... o senhor está mais perdido que eu, não? Ou talvez ainda não seja sua vez.

Diz isso enquanto se aproxima e me examina de perto as marcas de picadas no pescoço, nos braços. Vejo que está coberto de terra, que sobre seu rosto caminham formigas, e suas mãos saem por baixo das mangas do paletó. Aproxima-se tanto que parece me farejar, o tal louquinho, antes de soltar:

— Eu levei os olhos da minha esposa, a Fabiola, mas eles não aceitaram. Agora vou buscar as mãos de Venus Ochoa, o safado que me roubou a mulher. Vou usá-las para coçar as costas. É o que mais quero neste mundo, não me ocorre nada mais. Acha que aceitam?

Enfrentei seu olhar transtornado com embaraço, mas não respondi nada. Aquele não era um lunático normal. Era um morto irado, desses que vão buscando vingança. Percebi antes que ele se virasse e começasse a se afastar, quando vi os três buracos de bala do tamanho de lentilhas, espalhados pelas costas. Isso, sim, me deu um susto. Fiquei paralisado ali enquanto o homem se distanciava. Precisei de uns momentos para retomar a marcha, mas continuei andando pela calçada por bastante tempo, sob o sol, seguindo a cruz do campanário da igreja, que sobressaía das montanhas ao longe.

Parei no caminho ao ouvir atrás dos milharais um som rítmico, metálico e rascante, e, sem que eu premeditasse, meus pés me levaram em sua direção. Era meia dúzia de homens num descampado, cortando capim com facões que, ao se fincarem na terra e baterem nas pedras enterradas sob o solo argiloso, emitiam uma nota aguda de aço vibrante. Aqueles pareciam de carne e osso. Assim que me viram, interromperam o labor, endireitaram-se e cravaram os olhos em mim sem dizerem palavra. Para não ter de gritar, caminhei naquela direção; só se ouvia o vento soprando entre o capim, e eles se mantiveram de pé e em silêncio, empunhando os facões e observando-me, como se estivessem vendo uma aparição, mas também como se não fosse a primeira vez que viam uma e já soubessem como lidar com elas.

Aproximei-me e perguntei se conheciam o sítio de Antonio Sierra, e minha surpresa foi descobrir que ele de fato existia. Um dos homens, sujeito de uns sessenta anos, com pele gretada e chapéu de palha, deu alguns passos à frente e respondeu que sim, que o sítio ficava a uns duzentos metros, passando o riacho, e que se entrava por um caminho que atravessava uma plantação de nopal. O que eu queria com ele, perguntou.

— O senhor parece muito magro para ser do banco.

Eu disse que vinha cumprir uma incumbência que me fora dada pelo senhor Sierra. Como podia ser, disse o homem, pois eu chegava tarde, fazia seis anos que Toño Sierra sofrera uma embolia, ficando sem capacidade de se movimentar e falar, que tinha morrido já fazia quatro. Havia deixado lá a filha e sua pobre mulher, e logo viriam do banco tirar-lhes o sítio.

Agradeci e dei meia-volta. Demorei um pouco para me afastar; eles fizeram algum comentário burlesco atrás de mim e retomaram o trabalho. Deixei para trás o som cortante e rítmico dos facões para, movido por uma vontade obstinada e alheia a mim, tomar o rumo do sítio de Antonio Sierra.

Caminhei pela trilha indicada, lutando com cada passo para chegar ao riacho, e a cada tantos metros precisava me sentar em algum tronco ou alguma pedra da beira do caminho para retomar o fôlego. Fazia sentido o bom Toño Sierra me escolher para levar o recado à sua esposa. Qualquer outro teria entrado no sítio furtivamente à noite, envenenado os cachorros, cavado um buraco sob a figueira e levado tudo sem dizer uma palavra à mulher. Ou poderiam ter esperado que o banco reclamasse o terreno e o deixasse algum tempo abandonado, para entrar e cavar. Eu não tinha forças, tampouco ambição. Nesse sentido, entendo; apesar de tudo, continuo perambulando aqui, embora não por muito tempo. Sou o candidato perfeito. Faz tempo que enveredei por uma rua de mão única e sem possibilidade de retorno. Já nada pode me reter neste mundo, nem o dinheiro, nem mesmo o amor. Que amor pode ser comparado ao que se tem pela Magrela, que nos quer como mãe e sempre está pronta a nos receber de volta em seu ventre? Já nada me interessa nesta terra além da hera, e ela não me retém neste mundo, mas, pouco a pouco, vai me afastando dele.

É tão tenaz a carne, que, depois de algum tempo, eu já havia cruzado o riacho e via a alguns metros a plantação de nopal que marca a entrada do sítio de Antonio Sierra. Enveredei pelo caminho sinuoso que serpenteava incontáveis vezes entre os cactos, sem uma única árvore à vista, nem uma única sombra para me proteger. Percorri a plantação, passo a passo, mesmo quando meu cérebro começou a se cozinhar dentro do crânio e achei que ia desabar. Prossegui até que consegui entrever a casinha branca, rodeada por uma cerca azul que continha um poço e uma figueira. Ao redor havia umas poucas galinhas, um milharal e uma velha picape caindo aos pedaços. Aquilo era todo o sítio.

A moça — devia ter vinte anos, no máximo — recebeu-me de espingarda em riste. O que é que eu queria, o que é que estava fazendo ali, perguntou. Da entrada da casa, a mãe me observava com desconfiança e, a partir do momento em que pôs os olhos em cima de mim, não parou de acariciar uma cruz prateada que se dependurava de um rosário com contas de nogueira. Se eu vinha do banco para lhes tirar o sítio, perguntava a filha, porque, se fosse assim, ia me meter uma bala ali onde eu estava. Que era melhor eu dar meia-volta.

Tentei pedir um copo de água, mas minha voz saiu seca e rascante, como um grunhido ou um estertor. Ardia engolir a saliva. Sentia o cérebro palpitar nas têmporas, os olhos secos e endurecidos, prestes a sair da minha cabeça por causa da pressão. Quando entenderam que eu estava morrendo de sede, a filha baixou a arma e se aproximou de mim, enquanto a mãe se dirigia ao poço. Fizeram-me sentar na sombra e me deram um copo de água, depois outro. Achavam que eu era algum antropólogo desses que saem em busca de ouro e cidades arqueológicas, que estava perdido havia meses na floresta.

Passou-se algum tempo antes que eu pudesse dizer por que tinha ido lá. Não queriam me pôr dentro da casa, mas, no fim, não aguentaram o sol e me deixaram entrar até a sala, sob o olhar atento da filha, que não parou de seguir cada um dos meus gestos. Passei diante de um espelho dependurado no corredor. Fazia semanas que não me olhava no espelho e não esperava deparar com o que havia ali. Eu era um esqueleto coberto por um couro cheio de chagas no corpo inteiro. As olheiras ao redor dos olhos pareciam pintadas com uma nata espessa de graxa preta. Eu parecia ter saído de baixo da terra, como se os insetos tivessem começado a me devorar e, no meio do almoço, tivessem se arrependido.

No sofá da sala, encontrei Antonio Sierra, sentado, com o olhar parado, como que ensimesmado ou catatônico. Elas não o viam, convidaram-me a sentar em cima dele, e eu lhes disse que não, muito obrigado. Fiquei de pé, encurvado, segurando as tripas para não as vomitar no chão da sala. Depois entendi que, apesar de morto, Antonio Sierra continuava deitado no sofá, paralisado pela embolia. Tinha virado costume.

Expliquei a situação, disse com o mínimo de rodeios que Antonio lhes deixara um legado, que eu podia ajudá-las a encontrá-lo, que em troca só pedia uns brincos de prata com esmeraldas incrustadas, prometidos por Antonio se eu lhe fizesse aquele favor.

Mãe e filha trocaram olhares de desconfiança. Eu sabia o que pensavam: aquilo não só tinha jeito de ser improvável e fantástico como também exalava o fedor característico de uma intrujice. O fato de o mensageiro ser um *junkie* moribundo e asqueroso não ajudava, ainda que tivesse sentido: de certa maneira, não poderia ter sido ninguém mais. Perguntei-me se não estaria rompendo um delicado equilíbrio preestabelecido entre vivos e mortos e acho que preferia que rissem de mim e me mandassem de volta ao calabouço para me injetar o último arpão de *lady*; mas não o fizeram. O que eu dizia ressoava nelas, já fazia tempo que se perguntavam o que Antonio havia feito com as economias, tão meticuloso que era para poupar. Tão pão-duro que era, enfim. Fazia tempo que procuravam. Ficaram interessadas, não tinham nada a perder. Depois de uns minutos, a filha havia conseguido picaretas e pás e estávamos reunidos em volta da figueira, dispostos a conferir se aquela situação delirante era possível num mundo que se dizia racional, como o nosso.

Eu não esperava que me mandassem cavar, mas, sim, mandaram. Era a opção cavalheiresca, e parecia estar implícito o fato de que, se ia receber uns brincos de prata, eu teria de merecê-los. Não é todos os dias que se assiste ao espetáculo vergonhoso de um esqueleto cavando um buraco. As pessoas esquecem que essa é uma tarefa árdua e exaustiva, e eu não estava em condição de realizá-la. Deram-me meia *tortilla* de feijão e uma fatia de abacate, e só por isso não desmaiei. Dom Antonio havia se esmerado, não queria que as primeiras chuvas desenterrassem seu tesouro, e com cinquenta centímetros de profundidade ainda não tínhamos encontrado nada. Ficou ali, de pé, olhando embasbacado para o horizonte, o tempo todo, sem dizer nada.

Já que estava fazendo aquele trabalho, ocorria-me que eu poderia aproveitar a oportunidade para cavar meu próprio túmulo, e, terminada a busca do cofre, poderia pedir às duas mulheres que me arrastassem para dentro da cova, me dessem minha dose de *lady* e me enterrassem ali mesmo. Quando achei que ia cair desmaiado a filha me levantou. Sentei-me ali perto, ouvindo a moça cavar, o barulho rítmico da pá raspando a terra, até que o calor e o som foram me embalando. O cansaço se apoderou de mim e acabei adormecendo à sombra da figueira. Foi um sonho profundo, como um coma, meu corpo estava rijo, com câimbras, por causa do esforço.

Daquele lapso não tenho nenhuma lembrança, e, quando acordei, já era muito mais tarde. O sol havia baixado, e o céu estava coberto de nuvens escuras. Ouvia-se o ronco de trovões distantes como vísceras famintas, e do chão subia um espesso vapor quente e sufocante. Já fazia tempo que eu ouvia um alvoroço entre sonhos, um vaivém de passos pontuado de gritinhos reprimidos, respirações e cochichos e, já desperto, demorei para juntar forças e levantar a cabeça para olhar ao redor. Sentia que as duas mulheres me olhavam fixamente e esperavam que eu saísse do meu sopor, que iam e vinham atrás de mim e me observavam com suspeita e desconfiança.

Tentei me levantar, mas me custava pôr o corpo para andar. Sentia-o exaurido, como o de um bonequinho de arame ou de um fantoche com fios frouxos, sentia que, não fosse pelo couro seco que me cobria, meus ossos se esparramariam pelo chão. Quando finalmente consegui levantar a cabeça, vi que não havia ninguém ao redor. Abri caminho até a figueira e me debrucei para dar uma olhada dentro do buraco; este havia chegado a quase um metro de profundidade em volta da árvore, que agora parecia um paciente morto depois da operação, com as raízes expostas num emaranhado de artérias, lascadas e inservíveis. Não havia mais do que um buraco vazio rodeando a figueira, e as donas tinham evaporado completamente.

    Arrastei meu corpo entorpecido até a casa, que encontrei fechada, às escuras, como se não fosse usada havia anos. Já não havia galinhas, nem picape, e até o milharal parecia mais seco e descuidado do que me pareceu quando o vi pela primeira vez. Cheguei a me perguntar se não havia dormido dias inteiros, meses talvez, se finalmente não tinha morrido durante a sesta. Rodeei a casa, bati a portas e janelas, mas não havia ninguém dentro.

    Achei que podiam ter ido ao povoado ou à cidade mais próxima para pagar o banco, mas não. Elas haviam me enganado. Esperaram meu momento de letargia para escapulir pelas costas. Se aparecessem, decerto estariam de acordo para mentir e negar tudo. Não devo parecer fisicamente muito imponente, mas elas devem achar que sou um lunático ou um demônio, que quero tirar tudo delas. Ou receiam que, se a gente do povoado ficar sabendo, alguém vai entrar na casa para roubar as joias e degolá-las. Na certa já estão muito longe. Eu as chamei, gritei, disse:

— Minha senhora, pelo amor de Deus, só quero confirmar que isto é real, que não estou ficando louco. Por piedade, não quero ficar louco. Logo já não estarei nesta terra, mas preciso disso para ir em paz. Façam isso por mim.

    Sentia pavor ao me ouvir dizer aquelas coisas e perceber que já estava rogando e suplicando, que já estava começando a soar como eles, como uma alma penada. A viúva Sierra devia achar que minha vida não atingia sequer o valor daqueles brincos, e é bem possível que tivesse razão. Para dizer a verdade, nunca esperei ganhar nada. Só fui porque queria entender o que me estava acontecendo. Imaginava a mulher e a filha afastando-se do povoado a toda velocidade na picape, a mãe acariciando as contas de nogueira do seu crucifixo. Talvez rezasse por ter rompido o pacto que eu tinha com seu marido, mas isso não importava, porque naquela noite rezaria mais e se desculparia com Deus, e, agora que iam ter dinheiro, tudo ficaria no passado, inclusive eu.

Do céu começaram a cair gotas mornas e espessas de água, que levantavam poeira e me encharcavam a camiseta. Acho que até aquele momento, ainda que há tempos eu arrastasse os pés, tinha conseguido manter a cabeça erguida, mas aqueles tempos tinham terminado. Atravessei o terreno, caminhar talvez já não seja um verbo adequado para mim, talvez tenha sido algo mais parecido com rastejar, até um portãozinho da cerca, que empurrei para sair e me afastei. A velha tinha me deixado imerso na mais profunda incerteza, e a única coisa que eu queria era chegar ao quarto e ver a minha *lady*, para me livrar de uma vez de todas as dúvidas que habitavam em mim.

A chuva apertou. Eu andava com os pés afundados na lama, seguindo o caminho de terra, mas custava-me enxergar à frente por causa do aguaceiro. A roupa encharcada pesava sobre meus ossos, e eu me encurvava mais que de costume. Parei por um momento, fiquei ouvindo os trovões e depois tirei a roupa, os sapatos primeiro e a seguir a camiseta, as calças. Mesmo com a chuva, o ar estava morno, a água que deslizava sobre meu corpo se tingia de cinza, levando da minha testa e dos cabelos a densa nata de pó que se acumulara ao longo dos dias.

Sentia raiva, não pelas joias, nem por ter sido enganado, mas pela incerteza a que haviam me condenado. Não é possível, não se pode ser desalmado a esse ponto. Quem sabe, pode ser que este povoado realmente tenha sido esquecido por Deus. Agora também tenho de considerar a hipótese de que nunca tenha havido cofre nenhum, de que todo o episódio no sítio tenha sido um delírio, uma fantasia que armei num sonho de ópio a partir de coisas que ouvi no bar, de que os verdadeiros fantasmas eram aqueles homens no campo, dizendo-me que o sítio existe; ou elas, aquelas duas mulheres que diziam ser esposa e filha de Antonio Sierra.

Não sei se foi o esgotamento ou a inanição, ou quem sabe o prurido de uma fissura iminente, mas senti algo ali, enquanto via a luz púrpura e alaranjada que se filtrava através das nuvens e das cintilações dos relâmpagos que iluminavam o céu coberto por um manto cinzento. Tive a certeza de que já não faltava muito. Havia demorado demais, e, além disso, eu me sentia bem, bem demais, como uma chama que emite fagulhas radiantes quando chispa e consome as últimas gotas de sua reserva de combustível. Meu corpo estava morrendo; logo deixaria de ser habitável.

Acho que foi a primeira vez que pensei nisso de verdade, porque senti uma crispação de angústia no ventre, como da criança esquecida pelos pais no supermercado ou na escola. Senti-me pobre, desamparado, e lembro que me perguntei qual seria meu lar então, onde iria me refugiar depois. Naquele momento Zapotal me pareceu o pior lugar do mundo para morrer. Podia ter vomitado, mas já não existia a força do espasmo em mim. Tudo estava atrofiado. Torci a roupa debaixo da chuva torrencial, estendi-a sobre meu ombro com o kit no bolso da calça e segui minha marcha trabalhosa e cadavérica, nu em pelo, rumo ao quarto.

Tenho de considerar a possibilidade de estar só, realmente só, a ponto de morrer num povoado perdido e, ainda por cima, delirante, inventando fantasmas para ter companhia, para sentir que desperto o interesse de alguém. Tenho de me habituar à ideia de que, pela primeira vez, esse intento no qual embarquei já há muitos anos, do qual não há volta, está me dando um pouco de medo. Já não entendo bem o que virá depois. Talvez os fantasmas pudessem resolver minhas dúvidas, mas Antonio Sierra já não aparece de nenhum lado, se bem que, caso aparecesse, não sei se acreditaria numa única palavra dele depois de tudo o que me aconteceu.

Um encontro com a *lady*, isso é o que virá depois. Isso, sim, está claro para mim.

9

Já havia parado de chover quando cheguei ao quarto, nu, encharcado e com os pés cobertos de lama até as canelas. O sol havia saído entre as nuvens, o ar tinha ficado fresco e limpo, e uma luz alaranjada e cálida realçava o contorno de todas as coisas. Até vi um arco-íris pouco antes de chegar ao quarto. Era um dia perfeito para morrer. Entrei no quarto, joguei a roupa encharcada na cadeira e, ainda nu, sentei-me no chão de cimento para preparar a despedida. Cozinhei, montei um arpão bem carregado, só deixei uns restinhos na lata. Não devia desperdiçar nada. Já era crepúsculo e estava ficando tarde.

A dose já estava pronta e carregada no arpão; uma luz azul e elétrica impregnava todo o quarto. Lembro-me da seringa contra a minha pele, que reluzia de suor, como se fosse feita de plástico enrugado e, por baixo dela, minhas veias cansadas e endurecidas, mal palpitando. Não me lembro do momento exato em que me piquei, porque tinha dado umas pipadas de ópio e aspirado um fundo de *lady* que sobrava na lata, e, com o ópio e a *lady*, esqueço as coisas, principalmente os detalhes.

Acredito não ter terminado de esvaziar a seringa inteira quando comecei a sentir a onda, aquele titilar parecido com um animal cálido e úmido, tão suave que parece que está coberto de plumas, mas tão poderoso que pode detonar a coluna. Sinto-o rastejar pelas minhas veias, sinto-o invadir meu coração e subir pela coluna vertebral, mordiscando tudo no caminho, atravessar a nuca até chegar ao cérebro, e então algo explode dentro de mim. Libera-se uma energia que estivera adormecida até então, uma capacidade para o arrebatamento e o êxtase. Todo o corpo se entorpece, como se estivesse envolto num abraço tão estreito que mal me deixa respirar e ensurdece tudo ao meu redor.

Meus pensamentos se desenrolam diante de mim com uma nitidez hiperlúcida; sigo seus percursos e combinações até se bifurcarem em meandros que já não me sinto capaz de conciliar. Depois caio num coma profundo, vou como que boiando para me afastar da beira de um mar que fica cada vez mais distante, enquanto eu fico no meio de um nada que envolve tudo. Não sei se meus olhos estão abertos ou fechados, mas me sinto como se estivesse dentro de uma caixa muito estreita, descendo em direção às mais obscuras e recônditas profundezas de algum subsolo. Não me é estranha a sensação de afundar; fiz isso a vida toda. Sei que nunca se chega ao fundo. Deitado, imóvel, afundo, e nas profundezas encontro minhas recordações, como animais monstruosos nadando na zona mais escura do oceano.

Ali vejo Valerie. Sinto seu corpo cálido envolvendo-me e sua respiração lenta sobre meu pescoço, o titilar que me ouriça a pele quando ela me acaricia as costas. Sentia-me tão seguro e em paz com ela que pegava no sono em seus braços, era invadido por ideias e sonhos, como quando fumo ópio. Acho que em toda a vida não tive nada tão parecido a um pico de *lady* como estar nos braços da minha Valerie.

Por entre as águas, vejo seu corpo deitado na cama. Chega até mim seu cheiro de flores murchas, e vejo uma casa na montanha, com fumaça saindo de uma chaminé de pedra, numa ladeira por cima das nuvens. Vejo cachorros e crianças correndo entre as árvores, amigos mortos, mas de idade avançada, assando carne numa grelha. Cenas impossíveis. Acredito que são todas as coisas que posso ter desejado na vida. Fazia tempo que tinha esquecido os desejos e os prazeres, é isso o que a *lady* faz. Ela toma o lugar de todas essas coisas, e a vida começa a girar em torno do próximo encontro com ela, e nada mais.

Lembro-me de cada um dos encontros com Valerie. Aparecem diante dos meus olhos, como espectros ou miragens, desde o primeiro; tão refinada ela, pura vitalidade, na estação rodoviária. Tomamos café e já nesse dia avisei-lhe que eu seria sua perdição. Ela ria. Vejo outros encontros, quando a levava para passear pelas lajes dos prédios do centro e pelo ferro-velho de trens.

Sempre fui sincero quanto ao que fazia na vida, e acho que ela acreditava ter encontrado algo assim como um gatinho doente e me recolheu, tentou me tratar. Achava que o amor podia me salvar. Coitadinha, sempre teve aquela veia trágica, há pessoas que parecem nascidas para sofrer, essa é sua grande virtude e vocação na vida, e a Valerie sempre foi assim.

Não sei por que escolhemos nos apaixonar, embora também não saiba se a gente escolhe essas coisas. Sei por que eu me apaixonei, e foi por já não esperar que acontecesse jamais de uma mulher como a Val me amar tal como eu era. Não sei por que ela se apaixonou, mas alguma fenda deve ter encontrado na carapaça que eu usava para chegar até mim, porque conseguiu, e foi a única que me atingiu de fora. Acho que a vida tentou me salvar com Valerie, é no que acredito. Não quero pensar que eu a estava mandando para o incinerador, mas foi isso o que acabou acontecendo no final.

Ela dizia que a *lady* era como minha amante, e eu lhe afirmava que a única que eu amava era ela. Com o tempo nossos encontros começaram a girar cada vez mais em torno da *lady* do que de nós, até que por fim ela também se amarrou. Ficávamos aninhados como fetos durante dias, e ela ia emagrecendo; mas as olheiras e o visual moribundo assentavam-lhe bem, como a uma duquesa da noite. A única coisa que eu queria era conseguir o remédio para a boneca de porcelana e vê-la sorrir, porque, quando ela finalmente sorria, era como se o sol brilhasse sobre toda a região. Lembro-me das excursões pela cidade, das curtições que tínhamos deitado no parque, todo o tempo refugiados no apartamento dela, antes que ela o perdesse e viesse morar comigo. Lembro-me de todos os encontros que tive com minha senhora, exceto o último. Aí param as visões, as lembranças se emaranham e desvanecem, o titilar da *lady* começa a atenuar-se. Tudo se confunde e torna-se tumultuoso de novo, e não consigo rememorar aquele último encontro. Talvez eu tenha dado o cano. Sinto que desta vez será igual, que desta vez também não conseguirei alcançá-la.

Sinto que uma corda muito tensa dentro de mim arrebenta, e um lampejo luminoso inunda minha visão como se tivessem arrancado o último quadro de um carretel de filme. O celuloide começa a velar-se e a criar bolhas até evaporar e deixar-me flutuando num líquido de neon leitoso que abarca tudo e no qual só se ouve um murmúrio estático; o tênue som de fundo de uma galáxia em plena fusão a milhões de quilômetros de distância. A primeira coisa que sinto é pânico, como se meu corpo estivesse asfixiando. Procuro espernear, movimentar o pescoço, os braços, mas não os encontro. Meu corpo está muito longe daqui.

Antes de sentir confusão, acredito entrever entre as trevas brancas que me rodeiam a figura de uma mulher e sinto algo que nunca sinto quando estou drogado, algo parecido ao medo. Sei que não posso olhá-la nos olhos e baixo o olhar. Sei que, se o ergo, esse zumbido que ouço pode me destroçar em mil pedaços. De soslaio, vejo aparecer na minha frente uma escuridão espessa que ameaça engolir-me. É a saída, parece um buraco negro que consome tudo. Sei que não devo ir ali. Não por medo, mas porque ainda não entendo o que está acontecendo. Prefiro ficar aqui, onde ainda se distinguem silhuetas atrás do manto leitoso da luz.

Volta-me uma vaga sensação de movimento que se intensifica gradualmente. Meu corpo está recuperando as sensações. Sinto que me transportam dentro de uma caixa de um lugar para outro, umas vezes na vertical e outras na horizontal, por distâncias enormes que devem atravessar a atmosfera ou a crosta terrestre. Introduzem-me em criptas com cúpulas e paredes de vidro, sobre as quais se projetam fractais de luz, cada uma habitada por uma entidade diferente. Ao entreabrir os olhos, vejo seres eretos como torres ao meu redor, presenças maciças com cabeças de animal que me observam como a um inseto recém-saído do casulo. Estou rodeado de entes colossais, como que deitado numa mesa de operação. E tenho a clara impressão de que o prognóstico é ruim.

— Quanto mais vai durar isto? — pergunto.

Eles trocam olhares isentos de qualquer emoção e depois me examinam com seus rostos curiosos de corvo, grilo e chacal.

— Quanto mais você quer que dure, cara? Pode durar tudo o que você quiser.

— Nós aqui inventamos o tempo.

Entender quem são e por que me tratam com tanta familiaridade é algo que está além da minha capacidade. É como se me conhecessem. Não me julgam, mas se acham muito espertos e zombam de mim. Não quero ter nada a ver com eles, ainda não. Não deixo de pensar que, para estar alucinando assim, devo ter quebrado a cara de verdade. Talvez desta vez até tenha me matado. Se bem que também é difícil negar que, se a estas alturas continuo tendo lembranças e alucinações, é bem provável que seja porque continuo aqui, porque errei na dose outra vez.

Estou boiando nas águas entre a vida e a morte. Agora sei o que sente quem é atropelado por um ônibus ou quem toca um cabo de alta tensão. Não há medo nem dor; a gente se vê transportado de forma súbita perante algo tão enorme e assombroso que fica sabendo de imediato que está morto, e que essa presença sublime e aterradora só pode ser a origem e o final de todas as coisas. Compreende que o tempo é um joguete criado para dar impressão de solidez a animais ingênuos como eu, e que, agora que se está deixando de habitar a matéria, todos os tempos estão conjugados aqui, neste lugar ao qual se está chegando. Eu só preciso me soltar e me deixar ir, mas, quando tento, as presenças voltam a querer me reter e atormentar.

Entre as visões aparece o Milho. Nesses momentos sempre me aparece o Milho, e são os únicos momentos em que falo com ele, porque sou incapaz de sentir dor. Sempre que o encontro lhe peço perdão, porque sinto que nunca me perdoou o que fiz quando ele morreu. Peço-lhe que me entenda, que naquela época Valerie acabava de morrer e eu estava muito mal. O que me restava era só ele. Lembro-me de quando eu me sentava no colchão para chorar pela Val; o cachorro vinha e se sentava junto a mim, e apoiava a cabeça nas minhas costas. E eu desmoronava e só fazia chorar e chorar.

    Um dia fui comprar hera num porão do centro e, antes de voltar para casa e me resguardar, me acomodei e preparei uma dose. Depois outra. Não sei em que momento se passaram três dias, mas esse foi mais ou menos o tempo que fiquei ali deitado. Enquanto isso algum *junkie* deixou a porta da casa aberta, e o idiota do cachorro saiu. Quero acreditar que foi atrás de uma cadela, ou de alguma maldita chuleta caída de algum caminhão de produtos congelados, que valia a pena aquilo que ele foi buscar correndo, frenético. Não quero acreditar que tenha saído para me procurar, ou que tenha simplesmente acreditado que eu o havia abandonado ou morrido. Aquele animal era escolado e mais inteligente que a maioria das pessoas que conheço, nunca teria se deixado surpreender por um carro. Acho que foi ele que se pôs na frente do carro, por ter decidido que, como eu o havia abandonado, era melhor morrer do que depender dos cuidados dos outros cadáveres. Porque, por alguma estranha razão que nunca vou conseguir explicar, aquele cachorro gostava de mim. Quando voltei, o Milho estava inteirinho, parecia que só estava dormindo, que daí a pouquinho ia acordar. E eu não consegui enfrentar aquilo.

Sim, chorei um pouco por ele, mas logo em seguida armei um arpão e me livrei da tristeza sozinho, ali estirado junto ao seu corpo frio de cachorro morto. Eu sabia que precisava enterrá-lo, deixá-lo ir, mas não conseguia. Já havia perdido tudo o que tinha, portanto continuei me picando. Em minha casa não havia jardim, só um quintal com piso de cimento, de modo que o levei para a laje do teto e o deixei ali para não empestear a casa. Fiquei de enterrá-lo quando encontrasse algum lugar, algum pedaço de terra aonde pudesse ir visitá-lo, mas por enquanto não podia cuidar daquilo, não podia nem sequer me levantar. Tinha de cair na merda um tempo antes de me despedir dele.

Depois de vários dias os vizinhos se queixaram do cheiro e até mandaram lá a polícia, gente bunda-mole. Acharam que era eu que tinha morrido. Quando voltei para pegá-lo, o pobre Milho estava irreconhecível. Era um monte de pelos com dentes, todo seco e podre. Estava tão achatado que parecia um tapete. Precisei metê-lo num saco de plástico e saí para a rua, sem saber para onde ir, onde colocá-lo. Acabei por atirá-lo ali num monturo de lixo. Esse foi o melhor amigo que tive na vida, o Milho. Foi nessa época que comecei a pensar em ir embora da cidade, que acabei de morrer completamente, embora por fora pareça continuar vivo.

Como toda vez que me aproximo do umbral, estou sentindo o Milho ali, perto de mim, grunhindo, latindo para levá-lo passear. Lambe minha mão, tenta me levantar. Eu, como naquela época, só sinto cansaço no corpo e digo:

— Espera, Milho, aguenta, porra... deixa só acabar aqui... falta muito pouco. Logo, logo me apronto e vamos...

Ouço-o gemer, sempre insistindo. Gostaria de ficar sonhando mais um pouco, mas o cachorro lambe minha cara, morde minha roupa. Sobe na cama e comprime meu peito, respira bem perto da minha orelha. Meus braços mal e mal me obedecem para tirá-lo de cima.

— Já vou! Sai daí, cachorro de merda...

Ouço que o Milho choraminga e se afasta, aninha-se indignado num canto do quarto. Continua ali, bufando mais um pouco, de vez em quando parece mesmo que suspira, mas cada vez menos, como se fosse se desvanecendo, até que ao cabo de um momento deixo de ouvi-lo. Esqueço-me dele por algum tempo, mas não consigo me livrar da sensação de que deveria ter me levantado, de que talvez tenha perdido a estação, por não ter feito caso dele.

Fico deitado e sei que estou no quarto de dom Tomás, imerso na escuridão e no silêncio absolutos, mas também sei que não estou morto, porque continuo ouvindo o bulício dentro da minha cabeça. Só preciso levantar o braço direito e empurrar o êmbolo da seringa para esvaziar o fundo da mistura nas veias do meu braço esquerdo. Com isso, estarei do outro lado.

Isso implica certa dificuldade, mas aqui, deitado no meu catre com a dormideira, estou no meu elemento. Estou imerso num processo consciente de autoextinção, como um monge que mergulha no mais profundo estado de meditação e detém seu coração por completo antes de mumificar cada célula de seu corpo, uma a uma. Tenho as mesmas roupas austeras, os mesmos ossos salientes, a mesma vontade férrea. Concentro cada átomo do meu ser, e, conforme levanto a mão e atravesso o trecho aparentemente infinito de vazio por cima do meu peito para acariciar a seringa com o polegar, sinto que de mim se aproxima uma mulher muito magra e muito triste, que me acaricia os cabelos e diz ser minha mãe. Chego ao lugar exato onde deveria encontrar-se o plástico rugoso do arpão, pronto para injetar as últimas gotas da mistura, e já não encontro nada ali.

Tentei acordar, mas senti que me erguiam com força e me metiam num saco. Comecei a pensar que tudo aquilo talvez não passasse de outro daqueles sonhos que tenho quando fumo ópio. Também sentia que me movimentavam, que me transportavam de um lugar para outro. Eu tentava resistir, mas estava atordoado demais pela hera e não pude lutar muito. Ouvia dizerem que eu não devia lutar, que não devia resistir, que me deixasse levar para o outro lado; então ficava quieto, deixava-me levar e não sentia nada.

Achava que tudo aquilo eram visões que eu tinha, deitado no catre do cubículo de dom Tomás, mas, quando passou a trip, entendi que não eram visões. Alguém me enfiara num saco, e eu estava sendo carregado de um lugar para outro. Acho que eram dom Tomás e algum empregado, e então acreditei ouvir a voz de Rutilo Villegas também. Entre sonhos, tentei pôr a cabeça para fora do saco e acreditei entrever as silhuetas dos garotos vestidos de farrapos, seguindo o cortejo, curiosos, pelo mato. Acho que todos pensavam que eu estava morto, embora, talvez, simplesmente o período de permanência e meu dinheiro tivessem acabado e estivessem me tirando de lá à força. Agora iam me deixar estirado na rua em plena onda. Não seria a primeira vez que me aconteceria isso.

Tentei lutar, ali metido no saco, mas é preciso entender que nesses momentos a última coisa que se quer fazer é lutar, você quer se deixar levar, e a *lady* ajuda, te adormece e paralisa todos os teus músculos, os membros, a força de vontade. Era como lutar contra uma nuvem de algodão. Eu os ouvia sussurrar que não estava pronto, que era preciso voltar e terminar o que estava pendente, e eu lhes dizia: "Sim, sim!, por favor, me levem de volta, pelo amor de Deus!"; mas eles não fizeram isso. Seguiram seu caminho e eu não pude fazer outra coisa, senão cair de novo naquele sono profundo que se parece com a morte. Senti que me deixavam deitado, e fiquei ali sem me mexer durante um longo período, até que comecei a ouvir vozes ao meu redor.

10

Ao abrir os olhos vi que estava num cemitério. De certo modo, fazia sentido. Onde mais poderiam me atirar? Cedo ou tarde eu acabaria aqui, de qualquer maneira. Deixaram-me à sombra de uma árvore, junto a uma cova aberta até a metade. Parecia que passavam por cima de Rutilo Villegas e, sim, eu teria um túmulo no povoado afinal de contas. Não sabia quanto tempo estava ali, mas a ideia de não me mover daquele lugar me agradava. Ainda era a hora mágica. Era possível que só tivessem se passado alguns minutos ou horas desde a última onda, embora também fosse possível que eu tivesse passado um dia inteiro ali deitado. Aquela luz tênue e azulada talvez não fosse do entardecer de ontem, mas do amanhecer de amanhã. Isso já não importa agora.

Apalpei as bolas e verifiquei que a lata com o kit ainda estava lá. Até a porra do caderno e o lápis eles deixaram aqui jogados. Recostei-me e me espreguicei, contemplando meu destino. Agora que tinha a visão perfeita do céu naquela hora crepuscular e indistinta, e da floresta como um muro que delimita o cemitério, agora que estava no lugar apropriado e tinha todo o tempo do mundo pela frente, só havia um problema. O bendito apetrecho, minha seringa da sorte; não a encontro. Sei que sobrava uma dose ali, a última dose decente, exatamente o suficiente para cruzar a fronteira, mas não a vejo em lugar nenhum.

Tudo aquilo foi um lance para me tirar do quarto e roubar minha droga. Acham que assim vão se desfazer de mim, que assim vão me matar, e pode ser que no final consigam. Pode ser que me matem de desespero. Não entendem que, se me deixarem em paz, tudo será mais rápido. Agora preciso voltar ao quarto, enfrentá-los e encontrar minha seringa, mas já não me restam forças. Não consegui me mover daqui, tenho medo de ficar estirado por aí no meio do caminho. Passo um tempo prostrado, escrevendo, e daqui a pouco vai me dar a fissura, e aí sim é que estarei em sérios apuros.

Talvez tenha chegado a hora de me atirar da ribanceira. Já não tenho nem oito pesos para comprar uma bala e me dar um tiro, supondo que me emprestem a arma. Nesta vida só me resta a lata do kit, com uma seringa suja, a colher e seis míseros cigarros. Não sei de onde saíram os cigarros. De *lady* sobra muito pouco. Andei raspando ali dentro porque é a última esperança que tenho de me dar um fim, mas não há muito para recuperar. Carrego a lata porque, se não, fico louco, e também vou carregando este caderno, porque, se não, fico só. E isso, sim, me daria medo.

Tentei voltar ao quarto. Continuava com o corpo rijo e entorpecido pelo abraço da minha *lady* e tinha dificuldade para me movimentar, pôr um pé na frente do outro. Percorri o caminho interminável como um cadáver recém-saído do túmulo, passei pelo portão do cemitério e pela frente da igreja, andei por um caminho de terra com muitas casas fechadas e apagadas, e, ao chegar, encontrei o quarto fechado à chave. Dom Tomás já havia instalado sua criada. Bati à porta da casa dele, mas ninguém se dignou a abrir, ninguém abre as portas de casa neste povoado, preferem ver o outro morrer na rua. Já não precisava de um lugar para ficar muitos dias, nem mesmo precisava usar a cama, só queria um lugar para me abrigar, estender-me no chão de cimento e terminar o que havia começado. Por isso, quebrei o vidro da porta, tirei a trava e entrei. A empregada de dom Tomás não estava, devia ter ido a algum lugar realizar suas tarefas, e eu simplesmente achava que, quando ela voltasse, já teria me adiantado a todos.

Procurei meu arpão como um desvairado, quem sabe o tinham deixado por lá, jogado, perdido em algum canto. Procurei nas gavetas, atrás da cama e entre os objetos da nova inquilina, e, não o encontrando, imaginei que nunca mais voltaria a vê-lo. Sentei-me ali, num canto do quarto com as pernas cruzadas, preparando um último pico com a seringa que me restava. Estava mais suja e oxidada que a outra, mas quem se importava? Fiquei no canto do quarto que conhecia bem, onde Mike havia retirado aquele tijolo que levava ao subsolo, naqueles primeiros dias depois de chegar ao povoado. Procurei o tijolo solto e não o encontrei, algum truque devia haver. Aquele canto de cimento escalavrado talvez fosse o lugar mais aconchegante e familiar que eu podia encontrar em todo Zapotal naquele instante.

Peguei o kit e comecei a raspar toda a hera que pude arrancar daquele mísero saquinho, o pó de pasta acumulado no fundo da lata, e comecei a juntar tudo, cada grãozinho. Juntava e juntava o que podia daquela poeirada fina, e mesmo assim não conseguia acumular o suficiente nem para uma patética e diminuta dose. Por isso, comecei a varrer a camada de pó do chão e das paredes e a adicionar a sujeira que se acumulava nos meus dedos a toda a mistura que estava prestes a me injetar. Imaginei que, se a hera não acabasse de me estuporar, o resto da porcaria faria isso.

Não me parecia estar levando tanto tempo, mas devo ter me demorado, porque logo a empregada chegou. Não gostou da desordem que eu tinha feito, mas, depois de passar alguns instantes contrariada, de pé diante da porta, conformou-se e começou a limpar. Recolheu sua roupa espalhada pelo chão, fechou as gavetas da cômoda de madeira e colocou a cama no lugar. Imaginei que tinha entrado em acordo com dom Tomás para dividir o quarto comigo por alguns dias, pois não se surpreendeu por eu estar ali.

— Tomás me disse que você não quer ir embora. Você fede e me dá arrepios. Não chegue perto nem me toque, senão eu aviso, e eles vêm te tirar daqui.

Foi o que me disse, depois me ignorou, como todos os outros. Eu me sentia muito pequeno naquele canto, não fazia barulho e a observava indo e vindo, até que ela foi dormir, muito inquieta com a minha presença. Eu ainda não tinha acabado de juntar o suficiente para preparar a dose. Sempre era interrompido por alguma coisa, às vezes eram os gritos aterrorizados da pobre mulher, que sofria de pesadelos terríveis e se levantava, olhando-me nos olhos e pedindo que fosse embora. Eu lhe dizia que já, já ia embora. Tentava preparar meu arpão, mas minha dose se esfumava, devia ser o vento ou minha própria respiração, pois eu a via espalhada outra vez na lata e no chão, e começava a juntar tudo de novo. Havia cada vez menos daquele açúcar mascavo e cada vez mais poeira, cada vez mais terra e sujeira, mas alguma coisa eu ia me disparar, disso tinha certeza. Acho que a mulher acabou se queixando com dom Tomás, porque primeiro saiu do quarto, e, quando finalmente eu sentia que tinha recuperado meu espaço, que havia conseguido juntar os restos para o preparo e estava com o apetrecho pronto e recarregado contra o braço, ouvi que alguém chegou e bateu à porta, de mansinho primeiro, depois cada vez mais forte.

Sempre digo que a vida vai pondo curvas na frente da gente até o final. Fiquei em dúvida, se disparava aquela dose de uma vez e esquecia o que estava acontecendo, ou se ia abrir a porta e enfrentar o que o mundo estava pondo à minha frente. Teria de ser algo de suma importância para se apresentar exatamente naquele instante, quando tudo se conjugava de maneira impecável para dar xeque-mate em tudo. Lembro que pensei: "Espero que seja importante, que não seja dom Tomás pedindo mais dinheiro ou outro morto de merda enchendo o saco." O que acontece é que, se você não vai abrir, eles entram do mesmo jeito, veem você deitado e não te deixam morrer em paz. Então é preciso abrir na marra.

Levanto-me e vou; estou sem roupa, não sei em que momento a perdi ou se ela acabou por se esfiapar. Minhas pernas tremem como se eu fosse um veado recém-nascido, mal conseguem me sustentar, e tropeço no que parece a infinita extensão do quarto até a porta. Abro: diante de mim está meu servidor, Rutilo Villegas, e, ao lado dele, dom Tomás com as chaves do quarto na mão. Dom Tomás, quando me vê abrir a porta pelado, fica pálido e afasta-se.

— E o senhor, o que quer? — digo a Rutilo. — É testemunha de Jeová ou o quê? Veio falar da palavra de Deus?

Rutilo ri com gosto e não responde logo.

— Não, senhor, muito obrigado — digo —, aqui não cremos em Deus.

Estou para bater a porta na cara dele, mas ele a segura e diz:

— Deus está pouco se lixando pra isto aqui. Posso entrar?

Resmungo e, para ganhar tempo, gozo um pouco da cara dele.

— É da polícia? Se vem me prender, não seja malvado, volte daqui a pouco, assim eu me preparo.

— Que é isso? — diz. — Não venho prendê-lo. Venho para ajudá-lo a partir. Nós ajudamos com o que for preciso.

Olho-o da cabeça aos pés. Ele tem o jeito altaneiro das pessoas de fé, como os sacerdotes e os missionários, e é evidente que acredita estar realizando alguma espécie de ação nobre e divina. Ao mesmo tempo, desde o primeiro momento em que o vi, quando cheguei ao povoado, estou certo de que esse safado é da polícia. Não se pode confiar nele. Tem o comportamento deferente de um cana que não vem por seus próprios colhões, mas porque foi mandado, e não mandado por uma pessoa, mas por um povoado inteiro que se queixa há dias, e já está chegando a hora de enfrentar o assunto, de jogar fora o lixo e pôr para correr o *junkie* asqueroso que, com sua simples presença, atormenta todo mundo. Apesar disso, há algo em seu olhar que não parece querer me prejudicar, que parece querer me ajudar. Faz muito tempo que não confio nesses olhares.

— Bom, e aí? — digo. — Conhece algum médico? O que estou precisando é de um médico. Estou doente e preciso de uma receita...

— Não sou médico, mas posso aliviá-lo — diz ele. — Todos aqui sabem que o que o senhor quer é reunir-se com sua senhora. Eu posso facilitar isso. Deixe-me entrar. É de seu interesse.

Era música para meus ouvidos. Vesti umas calças e o deixei entrar, não por achar que podia me ajudar nem nada desse tipo, mas porque, pela minha experiência, esses canas malandros de povoado sempre sabem onde conseguir *lady*. Talvez tentar consegui-la já tenha virado hábito, algo automático que vive em mim, que faço sem pensar, da mesma forma que respiro, e é provável que continue fazendo até o dia em que finalmente morrer.

— Foi mandado do sítio de Antonio Sierra? — pergunto, mas o sujeito não responde nem parece se importar com o que estou falando. — Talvez lhe tenham dado o que estão me devendo. Ou veio expulsar as almas penadas que vêm falar comigo? Isso, sim, eu agradeceria muito. O senhor deve saber que elas assombram este povoado, não?

Rutilo passeava pelo quarto sem me dar atenção. Agora que o deixara entrar, a presença dele me aterrorizava um pouco, pois era óbvio que ele não vinha para falar, não acreditava em uma só palavra do que eu dizia e decerto me considerava louco. De repente fiquei preocupado com a possibilidade de que, inspirado por um sentimento de virtude e caridade diante de minha condição miserável, o povoado lhe tivesse dado dinheiro para se trancar comigo e me submeter a alguma variante selvagem de um tratamento de desintoxicação de tiazona: algum coquetel letal de remédios caseiros que acabe por me fulminar depois de vários dias de um suplício insuportável.

— Ficaram lhe devendo alguma coisa no sítio de dom Tonho? — diz por fim. — Isso está errado. Vou falar com a senhora dele.

Acabei de fumar e atirei o cigarro no chão.

— Quer dizer que veio aqui para me ajudar mesmo? — digo. — Porque, se é assim...

— Claro que vim para ajudá-lo — interrompeu-me —, todo mundo está muito preocupado com o senhor. Não querem que fique no povoado mais tempo do que o necessário, só isso.

Ri na cara dele.

— Ai — digo —, neste povoado tão hospitaleiro? Como se fosse muito bonito. Não se preocupe, porque, como disse antes, já não me resta muito tempo aqui.

Rutilo não se perturbou, parecia não se importar com o fato de criticarem seu povoado. Só me olhou nos olhos e disse:

— Vou falar com a senhora Sierra e lhe trazer o que lhe devem. Mas, se eu fizer isso, promete que vai embora e nos deixa em paz?

Pelo visto, a gente daquele lugar era muito mais decente do que eu imaginava.

— Tudo bem — digo —, traga o que me devem e depois vemos.

Assim que eu disse isso, Rutilo deu meia-volta e saiu do quarto. Eu não podia acreditar. Havia anos que nenhuma pessoa normal me fazia um favor, muito menos conseguir um dinheiro sabendo que vou injetá-lo na veia. Devia ser muito importante a minha expulsão do povoado. Existia a possibilidade de a senhora negar toda a história e levantar todo o povoado contra mim, de Rutilo voltar, mas dessa vez já não sozinho, e sim com a viúva Sierra e uma dúzia de camponeses, gente com paus, tijolos, facões e alguns latões de gasolina, depois de terem chegado à conclusão de que a melhor maneira de lidar comigo é me tirar da minha toca incendiando tudo.

Não sei quanto tempo Rutilo demorou, fiquei esperando como uma criancinha espera um presente prometido. Circulava pelo quarto, fascinado por aquela sensação de adormecimento que tinha se apoderado das minhas pernas, como se elas não existissem, apesar de eu poder vê-las e movimentá-las. Depois de algum tempo Rutilo voltou e pôs sobre a cômoda os brincos de prata, cada um com uma esmeralda bruta do tamanho de um grão-de-bico.

— Promessa é dívida — disse —, mas com isto compramos a certeza de que o senhor irá embora do povoado; não precisaremos mais ter de enfrentar sua respiração arquejante, nem os gritos que anda dando quando dorme, nem o barulho de seus passos se arrastando pelas ruas à noite. Já abusou bastante de nossa hospitalidade, não acha? Estamos pedindo com educação.

Puxa, a gente vai e escolhe o povoado deles para morrer... Deviam tomar como elogio.

— Para onde querem que eu vá? — perguntei.

— Vá para onde é esperado pelos seus. Pode ir para onde quiser, mas aqui já não pode ficar. Já não é bem-vindo.

Os brincos eram muito mais valiosos do que eu acreditava, e na cidade eu poderia ter comprado uma boa provisão de hera com eles. Uma sensação de irrealidade me oprimia, como se tudo o que havia acontecido comigo desde que comecei a ver mortos só pudesse ser produto de um delírio febril. Até me perguntei se Rutilo Villegas não seria também um daqueles mortos, se ele, aqueles brincos de esmeralda e tudo o que me acontecia nada mais eram que uma alucinação prolongada antes de se apagarem as luzes para mim.

— Ouça — digo, segurando as joias que eu sentia como luz sólida nas minhas mãos —, o senhor não sabe onde posso conseguir um encontro com a *lady* neste povoado?

O cana parece entender perfeitamente do que estou falando.

— Ui — exclama —, é muito difícil o que está pedindo. Muito difícil conseguir um encontro por aqui. Há pouquíssimos, e são tantos os que querem. Deveria esquecer essas coisas. Tome o que é seu e vá para outro lado. Neste povoado nunca vai encontrar o que está procurando.

— Tem de haver alguém que me ajude — digo, suplicante.

Ele vê a doença no meu rosto e se abranda um pouco.

— Vá para El Rincón de Juan — diz ele —, ali vão ajudá-lo.

Eu o ouvi e olhei, fiquei pensando. E me perguntava se aquele sujeito era real. Soava como algo que minha mente estava dizendo para me manter em funcionamento, embora também fosse muito possível que àquelas alturas estivessem me desalojando, pura e simplesmente. Estavam terminados o tempo de permanência, o dinheiro e a hera, e só me restavam uns brincos de prata com esmeraldas. Talvez valesse a pena tentar. Dizem que Juan é o próprio diabo. O diabo deve ter umas doses de hera guardadas no fundo de uma gaveta, tenho certeza. Vamos ver se este par de brincos lhe parece suficiente, e, se não for, o que é que ele vai acabar me pedindo em troca.

11

Não sobrava muita coisa para juntar quando deixei o quarto de dom Tomás. Saí dali com o kit enfiado nos bolsos dos meus andrajos, sob o olhar reprovador do santo Villegas, que me avisou de que, se me visse de novo, tomaria medidas decisivas contra mim. Por fim aconteceu, caí fora. Virei andarilho, um molambo sem teto nem rumo. Zanzo pelas ruas e já nem fome sinto. Não sinto os pés, é como se flutuasse vários centímetros acima do chão e me transportasse pelos ares de um lugar a outro sem perceber, sem tencionar ou premeditar. Se me deitar por aí, em algum esgoto, certamente acabarei morrendo de inanição, cedo ou tarde, talvez até antes de começar a fissura. Mas não quero partir assim. Quero sentir o coice uma última vez.

Já desesperado, sentei-me junto a um regato e me piquei com o resíduo que havia conseguido juntar. Não era muito, mas eu estava precisando de algo, mesmo que fosse uma dose homeopática, ou uma merda de um placebo, ou qualquer coisa. Eu a preparei com a água do regato; não parecia ser despejo de esgoto nem nada, pelo menos não à primeira vista. Era uma dose muito leve, a aguinha estava clara, mal e mal colorida, nem senti o golpe, se bem que pelo menos um pouco deve ter me aliviado. Fiquei um pouco mais lúcido, mas só durou um momento, e agora já me sinto mal outra vez.

Perambulo à procura do Rincón de Juan, minha última esperança de encontrar um amigo, alguém que me resgate deste suplício. Talvez o Beto e a Rubí, ou o Chachi, talvez eles se lembrem de mim e possam me ajudar. São nulas as possibilidades de algum deles saber onde conseguir *lady* e de fazer a caridade de ir à cidade mais próxima tratar desse assunto para mim e conseguir alguns gramas no fiado, mas vale a pena tentar. Só que, por mais que dê voltas, nunca encontro o bar. Giro sempre pelos mesmos lugares, e não é que haja tantos lugares neste povoado; passo várias vezes pela frente da igreja, pela frente do cemitério, pela frente das mesmas casas esparsas na paisagem. É como se El Rincón de Juan tivesse sido uma miragem, até parece absurdo imaginar que alguma vez tenha existido uma taverna aqui. Meu corpo está se enrijecendo, como que se atrofiando em vida, anda por si, como se tivesse vontade própria, e eu nada mais faço do que segui-lo por inércia.

Faz vários dias que durmo fora, como os paus--d'água. O bom é que no povoado estão todos acostumados e não incomodam a gente. Caio fulminado pelo cansaço, meus joelhos amolecem e sou invadido por um sono tão súbito e profundo que me sinto indo para o outro lado. Não me dá nem tempo de escolher um lugar bonito, um lugar onde eu pense: "Aqui, aqui seria bonito me encontrarem"; só desabo ali mesmo onde a rebordosa me pega, adormeço em seguida e chego a pensar que já era, que finalmente dei o pulo, e, para meu enorme pesar e surpresa, sempre volto a abrir os olhos depois.

Enfim, não sei se já se passaram dias. Estou perdendo toda a noção da passagem do tempo. Há muito o céu está encoberto e, quando o povoado não está mergulhado na escuridão de noite fechada, a luz que se filtra através das nuvens cinzentas tem aquele prateado azulino indistinto, entre o dia e a noite. Alguma coisa nesse clima crepuscular alvoroça os insetos, o povoado é invadido por eles. Por todos os lados vejo nuvens de moscas zumbindo por cima do mato, aranhas dependuradas no capim, enfiadas em cada buraco da terra e entrincheiradas nos cantos das paredes. Cada vez que acordo preciso sacudir de cima de mim o pó argiloso que cobre o chão deste lugar e as cinco ou seis aranhas bundudas que subiram pelo meu corpo durante a noite. Sinto vermes por todos os lados; nas entranhas, na carne e no cérebro. Vejo-os nadar na gelatina aquosa dentro dos meus olhos. Já sabia que isso ia acontecer. Sei que os vermes não são reais, que é só meu cérebro fermentando por causa da heroína. Acho que as moscas e as aranhas, sim, são reais, e há algo no meu jeito ou no meu cheiro de carniça ambulante que as atrai.

Também há escorpiões, muitos. Alguns são pretos, reluzentes, têm o comprimento do meu pé, outros são amarelos e diminutos, tão pálidos que parecem filhotinhos de aranha albina. Parece que pariram crias às centenas e saíram da madeira podre, de baixo das pedras e do cascalho das construções. São resistentes como tanques de guerra e não têm medo da gente. Quando você os encontra pelo caminho, eles até armam o ferrão e se preparam para a briga, esperando que você os deixe em paz. Agradeço a essa praga incomum, porque é a única coisa que me possibilitou manter a fissura sob controle. Os melhores são uns pretos de patas vermelhas; com uma ferroada deles você já começa a se sentir melhor, enquanto dos loiros são necessários dois ou três para que os ouvidos comecem a zumbir; depois de algum tempo, é preciso ir pescar outro, e assim a cada duas, três horas. Daqui a pouco nem isso vai me servir. Dentro de oito ou doze horas no máximo, vai me dar a gastura, aí sim, séria, e é possível que eu tente matar alguém por um pouquinho de *lady*. Percebo que ela se aproxima, já sinto o sangue ferver nas veias, palpitar nas minhas têmporas, o suor frio porejar sobre meu rosto e um ardor inquietante apoderar-se de mim. Estou à espera do espasmo de dor que me aterroriza muito antes de chegar, tão agudo que só se compara ao prazer sem refinamento que a heroína me proporciona.

Não deve haver mais de trinta casas esparsas por este povoado, e bati à porta de cada uma. Espiei pelas janelas, eram janelas postas em lugares estranhos, que davam para os banheiros, para as paredes do corredor ou para dormitórios principais. Muitas dessas casas pareciam desabitadas, perfeitamente limpas e arrumadas, mas sem outras presenças além de algum gato ou papagaio. Em outras cheguei a ver gente dentro, mas, por mais que batesse nas portas e nos vidros das janelas, não me faziam caso. Não queriam saber do *junkie* asqueroso. Comecei a gritar com todas as minhas forças, como se estivessem me matando, gritei "fogo!", gritei "morto!, morto!, aqui há um morto, porra!", mas ninguém acendeu as luzes nem apareceu na janela, e nem sequer havia um policial ou um padre de merda para ter compaixão da gente. É como se estivessem se escondendo de mim. Devem estar rindo, na certa se divertem vendo como enlouqueço. Passa uma senhora de cabelos brancos e xale e me diz:

— Está fazendo muito barulho, moço. Não vê que aqui todos estamos sempre bem quietinhos? Baixe a voz, senão o Rutilo logo fica zangado, e isso significa problemas para todos.

— Escute — digo, me retorcendo —, diga onde é El Rincón de Juan.

Ela pensa durante um momento, com cara de estar confusa.

— Que eu saiba, aqui não há nenhum lugar com esse nome.

Não era surpreendente que aquela senhora não conhecesse o puteiro do povoado.

— O senhor parece estar doente — diz. — É melhor ir descansar.

— Preciso de alguém que me ajude...

— Disso todos nós precisamos, moço — dizia a senhora —, por que não ora a Deus, que sempre tem piedade de Seus filhos?

Ficou na minha frente, falando sozinha. Eu nem sabia mais o que lhe dizer para ela ir embora. Parece que é isso o que fazem o dia todo, falar sozinhos. Dizia:

— Eu confio em Nosso Senhor Jesus Cristo. Não saio daqui enquanto Ele não vier em pessoa me buscar. Já faz tempo que estou esperando, mas confio n'Ele. Ele levantará meu corpo do túmulo, por isso é só eu ter paciência até o dia do Juízo Final e da ressurreição dos mortos. Vai ver, Jesus Cristo vem me buscar. É o que Ele prometeu em Seu Evangelho...

Assim murmurava enquanto se afastava outra vez. Não sei por que sinto que nessa ocasião o diabo me será mais útil. Preciso chegar a El Rincón de Juan. Tenho de gritar com ele e lhe dar uns bofetões, sacudi-lo e suplicar, fazer um escarcéu e ameaçar visitá-lo em sonhos e condená-lo à maldição de um homem morto, se não me ajudar. Se nem assim amolecer, então boto fogo naquela baiuca. Não tenho outro lugar para ir. Juro que, se conseguir encontrar a minha seringa, nem que seja no meio de uma montanha de coisas podres no fundo de um lixão, vou dar graças a Deus e me picar ali mesmo. E, se nunca mais a encontrar, vou morrer aterrorizado com alucinações de caveiras e serpentes, da câimbra paralisante que tomará meu pobre coração.

A gente se esquece dessa sensação de urgência, apesar de conhecê-la tão bem. Quando chega o bode, tudo se inverte. Se você tem frio, sente o sangue ferver; se tem calor, as veias gelam. Quando está exausto, não consegue dormir e, se está acordado, sente um cansaço tão terrível, que é como se nadasse em melaço. Você pode passar dias sem comer, sem ter fome, e, quando finalmente tem apetite e tenta comer, o estômago já não funciona. Fica impossível engolir algo que não seja iogurte. Respirar, vomitar, a luz: tudo é dor, e a única coisa que a gente quer é se livrar dela.

Não existe sensação tão terrível, é como uma comichão. Está programada no cérebro para obrigar o corpo a se coçar, como se a gente tivesse de se injetar heroína ou então ser devorado por um leopardo faminto. Você fica andando inquieto, correndo de um lado para outro, suando, gritando, mas na realidade não está sendo perseguido por nada. O corpo vai se apagando, e chega um momento em que só é animado pela fissura, esse alarme interno que dispara quando você não se pica e faz tua mente achar que vai morrer. Qualquer tentativa de desligá-lo é inútil, e a única coisa que o silencia durante algum tempo é outra dose de hera.

12

Quando não estou deitado em alguma valeta, dormindo ou escrevendo no caderno, vou andando pela rua na minha marcha fúnebre, tentando afugentar o mal-estar do bode. Falo em marchas fúnebres porque elas são mortalmente deprimentes e sempre acabam em enterros, o da gente ou o de outra pessoa. Trazem-me muitas lembranças, porque grande parte da minha vida passei assim. Arranjar heroína, para mim, foi o que mais se aproximou de um trabalho desde a adolescência, e fiquei bom nisso. Fazia tempo que isto não me acontecia, mas até o melhor pescador morre de fome no deserto.

Passei muitos anos deitado, na onda. Por isso já estou tão atrofiado, magro e coberto de feridas. É como passar toda a vida olhando diretamente para o sol ou viajando à velocidade da luz. As lembranças que tenho da última década estão distorcidas por um zumbido de fundo. São fragmentárias, porque em grande parte esses anos foram um sono de ópio longo e quase total, quase contínuo, raramente interrompido. Não sei se é o bode ou uma espécie de delírio terminal, mas agora, caminhando, lembro-me de partes do que foi minha vida e sinto que preciso parar para rememorá-las, porque logo elas vão se esfumar outra vez por entre os buracos da minha memória toda mordiscada e corroída pela droga.

Lembro-me de quando a Valerie se amarrou, quando também começou a gostar da *lady*. Íamos à luta juntos, os dois doentes, os dois assustados, mas eu já sabia. Havia anos que eu fazia o mesmo com o Mike, a Elisa e o Romuel. Já sabíamos que, para se dar bem nesse negócio, é preciso infringir as regras, que as regras em si perdem toda a importância quando você tem um objetivo tão claro. Era bem bonito, porque a Valerie se preocupava, e eu a tranquilizava, garantia que íamos resolver e tudo ia dar certo, ensinava-a, cuidava dela, e no final sempre acabávamos nos dando bem. Tinha de ver com que olhos a Val me olhava depois, uns olhos amendoados, grandes e admirados, como se eu fosse o maioral, o homem mais pica grande de todos os que se encontravam vivos no planeta naquele instante. Há quem viva cem anos sem nunca sentir nada assim, mas eu, sim. Eu, sim, senti.

Com uma mina do lado tudo fica mais fácil, e a minha Valerie agarrou a onda muito depressa. Ela, que sempre tinha sido tão fina, tão comportada, acabou sendo a mais delinquente de todos. Tinha um talento autêntico para envolver as pessoas. Eu já sabia, porque foi o que fez comigo, me envolveu e nunca mais me soltou. Acho que os melhores momentos da nossa relação nós passamos assim, na rua, abraçados, com um ligeiro bode e uma luz branca reverberando sobre o asfalto molhado, compartilhando cigarros, esperando debaixo do beiral de alguma venda fechada que a chuva passasse para voltar a percorrer o bairro outra vez. O resto do tempo só dormíamos ou trepávamos ou brigávamos. Você nunca imagina que algum dia vai rememorar esses momentos tão fuleiros como os melhores da vida, mas é o que acontece.

As pessoas normais não sabem o que é a gente tomar de assalto uma farmácia com os seus chapas, como se estivesse invadindo um quartel militar em nome da revolução, não sabem o que é enfrentar de igual para igual um policial que está apontando uma arma porque já não existe medo, ou o que é ter o poder de materializar dinheiro, porque na realidade não precisa dele. Eu abordava as pessoas na rua, dizia que estava doente e precisava de remédio, e só de olharem para mim davam o dinheiro. Agora acho que era mais por terror do que por pena. Nunca sentimos necessidade de ter revólver ou faca, porque não há nada mais apavorante que um cadáver ressuscitado te abordando na rua, pedindo dinheiro para remédio. Como se alguma coisa no mundo pudesse curar a rebordosa que nos atacava naquele momento.

De qualquer modo, dinheiro é algo que as pessoas gastam mal, então lhes fazíamos um favor quando o tomávamos delas. Nós o usávamos melhor, porque não precisávamos de dinheiro, ele nunca foi importante nem era o que queríamos. Só era um meio de conseguir hera. Se as pessoas soubessem o que é a hera, não iam querer dinheiro. Talvez a hera fosse o dinheiro. Um pedaço de papel ou mesmo um monte de ouro, digamos, que porra de serventia têm? Em compensação, essa coisa é a porta do paraíso. Todo o resto na vida pode ser afanado quando ninguém está olhando, ou ser conseguido de graça quando a gente tem amigos. Apesar de você virar um *junkie* asqueroso e ninguém te convidar para ir à sua casa, apesar de se tornar difícil passar despercebido num lugarzinho chinfrim qualquer, que dizer em algum medianamente decente, apesar de tudo isso, a gente vai ficando cada vez mais hábil, vai evoluindo para sobreviver. A gente tem essa facilidade de adaptação, goste ou não; é o que temos em comum com as baratas.

A gente, de fato, acaba roubando muito, custando caro à sociedade. Chega a ser surpreendente tudo o que cabe na cueca, nos sovacos, em cada recesso do corpo. Eu não sei como evitei a cadeia todos esses anos, mas uma coisa posso garantir: para mim, uma estada na cadeia teria sido como tirar férias com tudo pago.

Ouvi gente dizer que a única vez na vida que conseguiu limpar as veias foi no xilindró. Não sei como fizeram, porque também dizem que na cadeia se pode trabalhar para conseguir hera.

Algumas vezes até pensei em dar um jeito de me prenderem. Estava me sentindo muito cansado, sentia que precisava de um hospital, de um manicômio ou então de uma cadeia, de um teto onde me dessem comida e cobertas e pudesse consultar um médico; por isso, cheguei para um par de fardados e lhes entreguei o kit, mas os merdas dos canas me trataram como cachorro. Simplesmente atiraram o kit no chão e riram de mim. Não lhes interessava porque não podiam me achacar. Diziam que, se me metessem na cadeia, o Estado ia gastar comigo mais do que queria. Que convinha mais eu continuar roubando nas lojas enquanto acabava de morrer. Eu disse por favor, que me ajudassem, que eu só queria descansar. Caso contrário, só me restaria esfaquear alguém, mas isso não, isso eu não queria fazer. Então era ver como eu resolvia, era ver como eu fazia para descansar. Foi o que me disseram.

Houve quem tentasse me ajudar. Meu pai tentou me tirar dali, mas nunca conseguiu me abraçar, não como minha *lady* me abraçou. Eu escapava e sumia semanas inteiras, e ou ele me encontrava ou eu voltava para casa muito tempo depois, quando todos já me acreditavam morto, e aquela coisa que voltava era cada vez menos "eu". Era outro animal que surgia como que de baixo da terra, como que das profundezas de algum subsolo povoado por imundície, sangue e ratazanas. Cada vez fica mais difícil voltar, e, quando a gente volta, é como se fosse um milagre, algo que não deveria ter acontecido. As pessoas olham para a gente como se fosse um bicho raro, como alguém que não deveria estar ali, que deveria estar morto, ou que esteve morto e regressou.

Recobrar os sentidos depois de estar adormecido durante tanto tempo é um processo tortuoso, do qual ninguém se recupera totalmente. Vivi isso várias vezes, mas é algo que já não estou disposto a fazer de novo. Eu me mataria, e, além disso, sei que a gente não retorna para coisa nenhuma. A vida é como uma espécie de refrigerador, o tempo tem efeito sobre as coisas, tudo o que há de valioso é como o pacote de leite que vai apodrecendo e se decompondo enquanto você está desligado, imerso na trip. Ao voltar, já que te trataram, você tem a impressão de que está faltando algo de suma importância, como um braço ou um olho, de que foi condenado a ir pela vida de muletas.

Quando o velho morreu e recebi sua herança, nada mais havia que me impedisse de levar a cabo o meu plano. Não quero acreditar que talvez eu o tenha matado, mas não deve ter sido fácil para ele, e às vezes não posso deixar de pensar que, quando por fim seu coração arrebentou, foi um pouco por tentar seguir meus passos. Pergunto-me o que significou ver seu filho se transformar nisto, como se seu rebento tivesse crescido nas profundezas de uma caverna, cego e albino, talvez um tanto monstruoso, uma aberração que não foi feita para ser vista, mas para ficar no escuro. Ele sempre tentou me tirar dessa e agora agradeço, por mais inútil que tenha sido. Ele não podia entender que eu pertencia ao subsolo, ou achava impossível me amar assim, tal como eu era. Existem poucos lugares no mundo onde se concebe a existência de seres como eu, mortos em vida que foram enterrados e desenterrados tantas vezes que já não têm nenhuma participação na sociedade e foram definitivamente abandonados por ela, e o termo usado para referir-se a nós é "zumbis".

Eu me sentia muito só quando comecei a abrir para meus amigos as portas da casa que o velho me deixou. No início gostava, porque conseguíamos hera juntos e sempre havia material para todos. Era reconfortante estar rodeado pelos rostos dos meus amigos, e, quando eu imergia na onda, sentia que aquele lugar era um pouco do jeito como lembro todos os locais de pico em que estive; como um palácio suntuoso, decorado com ornamentos dourados e púrpura, de um refinamento extremo, cheio de carinho, calidez e rostos conhecidos e amáveis.

Bem rápido correu voz de que se podia ficar na minha casa, de que nela havia ducha e sofás, de que o avião passava por lá duas vezes por dia. Aquilo depressa se transformou em algo assim como um cemitério, uma aldeia de zumbis. Sempre conservei meu quarto, mas, quando me levantava da onda para pegar um copo de água, encontrava-os espalhados por toda a casa. Era preciso andar nas pontas dos pés, rodeá-los e pular por cima deles para não os pisotear. Por todos os lados havia lixo e seringas, fedor de corpos sujos e fumaça estagnada. Aquele foi o palácio suntuoso onde acabei vivendo nos últimos meses.

Depois, quando passa a dormideira e você começa a procurar os amigos no meio da multidão, fica cada vez mais difícil encontrá-los. Você os desenterra contraídos de trás de algum sofá ou metidos com mais gente em alguma banheira. Cada vez mais, as caras conhecidas que encontra são objetos rijos e cinzentos, com lábios muito finos, que depois você terá de ir largar na frente de um hospital. Um dia você se levanta de uma onda especialmente generosa, e, quando começa a dar voltas e revolver os cadáveres amontoados pela casa, já não encontra nem um só rosto familiar. Então percebe que todos os amigos foram embora e passa dias, talvez semanas, rodeado por desconhecidos que só chegaram para se injetar heroína no teu sofá porque aquilo que uma vez foi tua casa se transformou no local de pico mais popular do norte da cidade.

Sempre achei que gostava daquela casa por ter crescido nela. Tinha várias recordações naquele lugar, algumas boas, muitas de quando só éramos meu pai e eu. Lembro-me das tardes nubladas com cheiro de uísque, charuto e flor de laranjeira, lembro-me dele dançando canções de jazz, que soavam acima do barulho da chuva, e vendo velhos filmes de ficção científica na televisão. Aquela casa e as lembranças da infância, que eu via entre sonhos quando vivia nela, inquietavam-me profundamente. Agora que vejo tudo em retrospectiva, acho que foi porque o velho ainda permaneceu naquela casa muitos anos depois de morrer. Ficou ali, com intermitências, mas durante muito tempo, de pé na soleira da porta, agarrando o peito e pedindo-me que mudasse, que fosse um bom menino, que fizesse algo construtivo com minha vida. Como fazia quando estava vivo. Acho que ficou preocupado, e é inquietante pensar que talvez se importasse de fato comigo, muito mais do que se dignou a admitir. Eu não era consciente disso antes, mas acho que essa foi em parte a razão de eu ter fugido da casa. Não sentia senão solidão ali, e ouvir a voz do meu velho o dia inteiro era demais para mim. Na voz dos mortos a gente não sente nenhuma companhia e nenhum consolo, só sente pura ausência.

Acho que, no fundo, o que a gente tenta curar é a solidão que sente toda vez que a onda passa, quando entende que está ficando só, que os companheiros estão morrendo um por um, que quem não morre vai embora, te abandona. Assim como minha família me abandonou por eu vender até a alma e virar escória, assim como minha mãe me abandonou, com o simples ato de me parir. Até minha Valerie me abandonou, por querer me alcançar. A única que não me abandona é a *lady*. Ela sempre está disposta a me receber, é a única que proporciona algo assim, algo parecido com o amor, com um abraço tão apertado que às vezes fica difícil respirar. E termina-se como eu, largando tudo, saindo da cidade porque não há nada pior do que estar rodeado de gente e mesmo assim se sentir só; mas veja só aonde se chega. Este lugar onde vim parar só pode ser o povoado mais desolado do mundo.

13

Estou há horas deitado nesta valeta à beira do caminho e não parei de escrever, porque é a única coisa que me distrai. A dor que palpita na minha cabeça é tanta que me é difícil ver as letras que se formam no papel diante de mim, e estou cansado de andar. Estou cansado de voltar sempre ao cemitério, como se todos os caminhos do povoado levassem a ele. Não quero me meter ali porque sei que nunca sairei, nem quero entrar na igreja porque não quero sermões. Não quero saber o que fiz de errado. Só preciso de uma boa picada, para embarcar rumo ao outro lado. Talvez, se ficar aqui escrevendo, nem perceba quando acabar a bateria, talvez nem chegue a sentir a fissura e simplesmente pare de respirar. Já a sinto, vem vindo aí.

    Aqui só os mortos enchem o saco, esses nunca descansam. Às vezes tento fechar os olhos e dormir, mas as vozes começam a me assediar. Entre sonhos, vi

Antonio Sierra chegando e se sentando ao meu lado. Ele disse:

— Espere, não durma, rapaz. Escute o que tenho para dizer, quero retribuir o favor que me fez...

Eu estava me retorcendo ali na valeta, com câimbras na barriga, e pedir que o ouvisse era como pedir a um paciente com cólica renal que soletrasse seu nome. A única coisa que me passava pela mente era: "Um favor, um favor. Todos neste povoado querem fazer uma merda de um favor, e olha só onde a gente acaba."

— Vai me dizer onde está a minha *lady*? — gritava-lhe eu da valeta.

— Isso não posso dizer porque ainda não encontrei a minha. Quero resolver sua dúvida, que minha esposa não resolveu, quero te deixar descansar. Quero que você saiba que não está louco — diz ele —, que não está tendo alucinações. Nós, mortos, somos reais, e você está se tornando um de nós.

— Não, não, não — dizia eu —, eu não, eu não vou ser um espectro atormentado pelas dívidas, vou encontrar a paz do outro lado, eu a vi, eu a conheço bem... agorinha mesmo estou te vendo por causa da maldita fissura, mas, assim que ela passar, você vai ver, vou embora daqui e me junto à minha senhora...

— Ninguém pode sair daqui. No máximo você vai chegar ao Rincón de Juan, mas não acho que a Senhora vai recebê-lo. Não custa tentar.

Esse é o tipo de peça que o corpo me prega, é seu jeito de me fazer levantar daquele esgoto e continuar perambulando por lá. Quando tentei questionar, Antonio Sierra tinha ido embora, e eu só me agarrava a barriga e esperava passar a câimbra para continuar andando.

Só me resta arrastar-me até encontrar a taverna. Já estou descendo ao inferno. Isto é o que acontece à medida que o efeito da *lady* vai se dissipando: a gente começa a sentir coisas de novo, em sua grande maioria desagradáveis, e o cérebro faminto de heroína começa a procurar em prazeres mais simples aquilo que lhe faz falta.

Há algum tempo comi um cigarro. Não foi muito, mas o sabor amargo do fumo enganou um pouco a fome. Já não sei se é fome de comida, e a única coisa que eu gostaria de comer é *lady*, e sinto que nem isso poderia me saciar. Esse cigarro me levantou, a câimbra na barriga distendeu-se um pouco e até se transformou num titilar elétrico. Ele me proporcionou uma estranha sensação de prazer que fazia muito tempo não sentia. Ainda tenho na boca um sabor amargo, mas agora já consigo sair tropeçando. É difícil encontrar El Rincón de Juan a esta hora crepuscular, sem a lâmpada halógena funcionando como farol na escuridão. O povoado está imerso em sua desolação habitual; ainda bem que há cachorros, que me conhecem e eu os conheço. Não sei se é porque passei tanto tempo sozinho, mas até parece que falam comigo, que me olham com seus olhos inquisitivos e me dizem:

— Qual é, Mortinho? Como? Ainda não pifou?

E eu respondo:

— Necas. Estão vendo? Continuo aqui, enchendo o saco.

Eles me acompanham e latem quando ouvem algum movimento no mato, para afugentar as cobras e os predadores. Tenho a impressão de que também afugentam pessoas, avisam que venho chegando. Vou ouvindo como as portas e as janelas das casas se fecham, vejo ao longe como se apagam as luzes antes que eu chegue. Tudo ao redor ganha uma aura fantasmal e não revive enquanto não me afasto mais de três quadras.

Por aí passaram algumas famílias e uns pastores com suas cabras, mas logo apressaram o passo e se afastaram. As pessoas não me causam medo porque sei que sou eu que causo medo a elas. Se eu fosse uma pessoa normal e me encontrasse comigo mesmo, sei que levaria um tremendo susto. Às poucas que encontro pelo caminho peço informações, mas ninguém conhece El Rincón de Juan. Parece mentira que num povoado tão pequeno ninguém saiba que horas são, onde fica a taverna nem onde se consegue uma dose. Parece que vivem em outra época, que são presas de uma espécie de monomania frenética. Uma delas vem chorando e me apresenta seu bebê, mas, enrolada nas cobertas que ela sustenta nos braços, só há uma pedra de rio.

— Por favor — diz —, segure meu bebê.

Com essas faço de conta que não vejo. Trato de apressar minha marcha cadavérica e salto de banda. Elas também seguem seu caminho sem perder um instante de angústia.

Continuo avançando durante um tempo que parece ser de dias ou semanas, antes de encontrar outra, e, mal começo a me aproximar para perguntar pelo local, vejo que se crispa e se ouriça.

— Vade retro, Satanás! — grita de longe. — É a teu Senhor Jeová que deves adorar... pois quem n'Ele crê, mesmo estando morto, viverá, e quem ainda vive e crê n'Ele jamais morrerá... Ele me deu o poder de esmagar serpentes e escorpiões... e nada pode me fazer mal...

Não sei quem são essas pessoas, por que me dizem essas coisas, nem se dizem o mesmo a todos os que passam por este caminho. Pergunto-me se não serão mortos, se não continuo tendo alucinações com gente que, por sua vez, tem alucinações comigo, e por isso ninguém sabe nada. Ou talvez sejam vivos e simplesmente estejam loucos. As mulheres com que cruzo se persignam quando me veem, olham para mim com suspeita. Quando falo, interpõem-se entre mim e as crianças e tapam os ouvidos delas. Estas ficam pálidas e param de respirar quando me veem e, quando sou eu que as vejo, escondem-se atrás das saias das mães e catam pedras do chão. Assim, entendo que eu sou aquela coisa de que falam os contos dos adultos, aquela que vem buscar as crianças que se comportam mal. Às vezes observo seu rosto lívido e aterrorizado e sei que é pior ainda. Sei o que na realidade veem em mim: eu sou a criança que se comportou mal. Sou a moral da história.

Na beira da floresta, avisto camponeses vestidos de trapos sujos, correndo com facões entre as árvores, rostos selvagens e enegrecidos de terra, gritando assustados corra, estão vindo ali. Não sei quem está vindo e, antes de poder perguntar, eles penetram na floresta e desaparecem de novo. Neste estado, eu não poderia fugir nem lutar, o que vier à minha procura vai me alcançar sem nenhum esforço. Sou uma presa fácil para um lince ou uma onça, é só pular dos galhos de uma árvore em cima de mim e, assim, me partir em dois. Talvez eu não pareça tão apetitoso, talvez eles prefiram algo menos tóxico e com mais carne, por isso não me preocupo. Os cachorros me levam, me guiam para onde tenho de ir.

Tenho a imagem da minha seringa com meia dose estampada na mente, vejo-a diante de mim. Seja qual for o meu caminho, vou em sua direção. Conforme a noite cai, aquele arpão é a única coisa que consigo discernir diante de mim na escuridão cerrada e sem luar. Vou maldizendo os habitantes do povoado que se negaram a me ajudar. Juro que, se me concederem um último desejo antes de morrer, será de que vejam meu rosto de cadáver todas as noites de sua vida; de que, enquanto eu descanso, meu corpo venha atormentá-los e asfixiá-los em sonhos; de que o remorso os corroa até o dia de sua morte, da mesma forma que esta fissura vai acabar por me corroer.

Talvez não seja o sentimento mais cristão com que se vá para o túmulo, mas nunca fui cristão e, em vista das circunstâncias, parece-me justificado. Apesar disso, estou disposto a fazer uma concessão e a registrá-la aqui por escrito: Senhor, se existes e me ajudas a encontrar aquela última dose, vou embora quietinho e numa boa, sem pesares nem rancores, perdoo a todos, e depois basta que Tu me perdoes por todo este desatino que armei na Terra. Mas isso, se quiseres, negociaremos depois da onda.

14

Quando acordei, o céu ainda estava encoberto, eu tinha passado a noite inteira encostado na parede de uma estrutura de alvenaria no meio de um descampado. Durante a noite não houve barulho nem movimentação, e de manhã não se escuta o canto de nenhum pássaro. Sinto que estou perambulando há semanas, mas, a julgar pela fissura, não devo durar mais que uns dois dias. Estou apenas começando a degringolada.

Levantei-me e caminhei com dificuldade em torno do local, que poderia ter sido tanto um armazém fora de uso quanto um matadouro, até chegar a uma porta metálica fechada com uma corrente de aço. Ergui os olhos e deparei com o letreiro da Corona Light, sujo e quebrado, dependurado debaixo de uma lâmpada halógena queimada, e, na tênue luz da madrugada, consegui ler as letras desgastadas: era El Rincón de Juan, mas parecia trancado, ou como se nunca tivesse existido. Não havia bêbados deitados pelos arredores, nem garrafas nem bitucas, não havia restos de comida nem lixo; nada que indicasse que aquele lugar havia sido frequentado por uma única alma em muitos meses.

Continuo rodeando o cubo de alvenaria, buscando algum buraco que me possibilite dar uma olhada lá dentro, mas não vejo nem uma rachadura por onde a luz possa se filtrar. Ao redor só há terrenos baldios, com montanhas de entulho espalhadas pelo campo. Ainda parece ser manhãzinha, mas não vejo arreeiros nem vestígios de fumaça de nenhum lado. Também não escuto o canto dos galos nem o rugir dos caminhões carregados de madeireiros derrapando sobre a terra, ou os motores das serras elétricas lá fora, na montanha, e me pergunto se é possível que todos tenham abandonado o povoado de um dia para outro sem fazer barulho. Parece que o mundo ficou congelado no domingo. Um pouco como foi minha vida inteira. Só resta esperar que os sinos da igreja toquem, para ver se ainda sobra algum ser vivo nos arredores.

Aqui só se sente solidão e desolação, mas da floresta emana um zumbido magnético que atrai o olhar, e, do outeiro onde me encontro ao lado do Rincón de Juan, consigo discernir as fazendas ao longe. Com a cintilação azulada da manhã, as paredes que antes pareciam de um rosa desbotado ganharam um tom carmesim profundo, quase sanguíneo, e os cipós que as carcomem palpitam como os tentáculos de algum animal subterrâneo que as devora, afundando-as em direção às profundezas da terra. Apesar do isolamento e da erosão das paredes, aquelas construções são os únicos lugares que parecem vivos em todo o povoado a esta hora. Algo como uma multidão se sacode e estremece ali dentro, como se estivesse ocorrendo a festa do povoado ali ao longe, longe demais para que o som da música chegue até aqui, mas o chão vibra com um eco que retumba através de quilômetros de uma floresta baixa e densa, impenetrável.

A visão das fazendas me deslumbra e fascina, provoca inquietação em mim, pois sinto que ali é onde eu deveria estar, mas não há como chegar até elas. Faz mais sentido ficar aqui, mesmo sentindo que sou de lá, que pertenço àquele lugar. Só posso comparar tudo isso ao que sentíamos naquela época Jairo, Cleto, Mike e eu, quando íamos a festas no mato, nos perdíamos e perambulávamos horas seguidas, procurando-as. Guiávamo-nos pelo *tum-tum-tum-tum* das caixas acústicas e dos tambores, como os batimentos longínquos de um coração, sentíamos que, enquanto não chegássemos ali, era como se nossa vida estivesse transcorrendo em outro lado.

Fugíamos de casa juntos e sentíamos que nosso verdadeiro lar estava naquelas festas *rave* coalhadas de gente, onde sabíamos que, entre os rostos da multidão, encontraríamos todos os nossos amigos perdidos de muito tempo. Íamos para lá em busca de um lar, mas, como éramos crianças perdidas na realidade, acabávamos indo nos perder. Era o que sempre acontecia. Às vezes não encontrávamos a festa e ali mesmo, no meio do mato onde estávamos, púnhamos a música para tocar, pegávamos os pós e caíamos na dança, perdidos na droga, em toda aquela cascata de sensações. Ali fomos nos encontrando uns aos outros, aquilo foi o que aos poucos começamos a chamar nosso "lar". E a *lady*, claro, a *lady* é a própria senhora, a grande matriarca; e não demorou para ela tomar as rédeas daquele lar.

Acho que poucos de nós voltaram para casa depois daquilo. Era difícil voltar, sobretudo porque cada um, à sua maneira, já era alheio à sua própria vida desde antes. As pessoas normais se agarram às coisas. Desde pequeno entendi que as coisas vão deixando a gente devagarinho, de modo que não me agarrei a nada. Só à hera. Em comparação, acho que está ótimo; é quase como ser um monge, só que a gente se agarra a algo que realmente existe.

Penso em tudo isso com o olhar fixo nos muros distantes e imponentes daquelas fazendas. Parece que o tempo não passa, que o povoado continua numa espécie de limbo, num sopor estático. A única coisa que desvia minha atenção do sonho passageiro que se projeta na minha abóbada craniana é o som de golpes rítmicos, metálicos, como de algum animal forcejando a corrente do local. Apresso-me a rodear a estrutura para ver qual é a outra presença, além da minha, nesta paisagem que, pela imobilidade e desolação, parece posterior a um desastre nuclear. Não me surpreenderia encontrar um monstro, algum mutante cuja deformidade o impeça de interagir com outros seres, ou um terrível predador que devore tudo pelo caminho. Essas são as presenças que faria sentido encontrar aqui, perdidas comigo na beirada do mundo.

Antes de chegar à entrada, ouço um assobio intenso e melódico que entoa uma canção vivaz. Parece que saem múltiplas vozes daquele sibilo único que conjuga notas como se fossem quase simultâneas, à maneira de um acordeão, e, chegando à entrada, topo com um rapaz de tez acobreada, cabelo comprido e preto até os ombros e barba de bode. Usa roupas pretas e, embora elas não sejam especialmente elegantes, há certo refinamento no jeito dele. Não parece tomar conhecimento de mim no começo e está pelejando desajeitadamente para abrir o cadeado que prende a corrente do local.

— Você é Juan? — pergunto.

Sem se sobressaltar nem reagir de maneira alguma à minha presença, o sujeito continua forcejando a corrente. Levanta os olhos, lança-me um olhar que me percorre da cabeça aos pés e diz:

— Já chegou? Seja bem-vindo.

Depois baixa de novo os olhos, tentando abrir o cadeado com um molho repleto de chaves, mais do que as portas que pode haver em todo Zapotal.

— O senhor sabe quem sou eu? — digo.

— Como não vou saber quem é o senhor, se todo o povoado já o conhece? O senhor é o Mortinho da vez. Em que posso ajudar?

Ele me parece conhecido, como se já o tivesse visto antes. Enquanto peleja com a porta, começo a me arrastar em sua direção, tentando lembrar onde vi seu rosto.

— Queria saber se não teria um pouquinho de hera para me arranjar.

O sujeito assente, distraído, e, sem levantar o olhar, responde como se meu pedido fosse a coisa mais normal do mundo.

— Hera tem aqui de monte pelas paredes.

— Não, moço — digo, imitando o gesto de injetar-se uma dose —, sabe como é... material, pra ter encontro com a *lady*.

O homem levantou a cabeça e me observou sorridente, curioso.

— Quer ter encontro com a *Lady*?

Quando ele fez essa pergunta, minhas narinas se desentupiram, meus olhos cresceram como laranjas e eu talvez tenha até ensaiado um sorriso.

— Isso mesmo — respondi —, o senhor pode me ajudar?

— Pode-se dar um jeito — diz ele —, mas o senhor sabe que a *Lady* é uma amante muito ciumenta e muito caprichosa também...

— Ah, sim, claro que sei... — respondo, emocionado.

— E não é fácil marcar encontro. Tem com que pagar?

— Alguma coisa tenho... — digo enquanto tiro os brincos dos bolsos —, consiga para mim um pouquinho só...

Ele olha os brincos e depois olha para mim, perplexo, como se eu estivesse louco.

— Como um pouquinho? Consigo toda, inteira.

Senti como que uma pontada de angústia a me envolver, uma onda de calor como de adrenalina viajando pelo meu corpo.

— Inteira? Como? Do que o senhor está falando? — pergunto.

— Ué, da *Lady*, a puta mais popular do povoado. Talvez do mundo inteiro. Por quê? Do que é que o senhor está falando?

— Ué, da *lady*... um pouco de herinha, de heroína para minhas veias tristes...

O sujeito ri de mim.

— Não, imagine. Aqui não tem disso. Com toda a tristeza e o tédio que as pessoas sofrem, pense bem no que aconteceria se houvesse. O povoado se acabaria.

Eu olho ao redor e parece que está escurecendo, que está anoitecendo, mas nunca foi dia.

— E o povoado já não se acabou? — digo.

— Para alguns, sim — responde ele, enquanto deixa de forcejar o cadeado e atira o molho de chaves no chão, frustrado.

De uma mochila de couro que está no chão ele tira uma chave de fenda e um martelo e começa a dar golpes no cadeado para tentar quebrá-lo. Eu o observo e tento gritar mais alto que o barulho.

— Deve haver por aí um pouquinho, deixado por alguém. Dizem que o senhor é o maioral daqui deste povoado.

Com cada golpe do martelo, o cadeado despede um feixe de chispas brancas.

— Dizem que o senhor é o diabo em pessoa.

O sujeito ri e nem levanta os olhos para responder.

— Se soubesse tudo o que dizem. E algumas coisas são verdadeiras.

— O que... — digo em tom de brincadeira — essa não é verdadeira?

O sujeito sorri e me olha. Nega com a cabeça, frustrado, cansado de explicar.

— Eu só sou o encarregado — diz.

— Encarregado de quê?

— Ora, até agora, só de abrir a porta.

Depois continua dando pancadas no cadeado com a chave de fenda e o martelo, e é impossível manter uma conversa mais alta que o barulho da batida metálica. Eu o observo e me pergunto se não será um ladrão, um sujeito qualquer que se aproveitou do abandono do povoado para vir saquear os estabelecimentos, as casas, as vendas, e está inventando que é Juan porque eu mesmo perguntei. Talvez esse sujeito nem exista, e eu estou aqui falando sozinho, vendo miragens como alguém perdido no deserto, e minha mente está me pregando peças, recitando incoerências para me manter entretido.

— Então o senhor não pode me ajudar?

Meus joelhos estão cedendo de novo, e eu preciso voltar a me sentar, quando o sujeito, finalmente, se rende e atira as ferramentas no chão, ao lado do molho de chaves. Puxa um maço de cigarros e vem sentar-se perto de mim.

— Pois eu posso lhe arranjar um encontro com a *Lady* — diz, oferecendo-me um cigarro, que tomo do maço com mão trêmula. — Não quer? Acredite que não há nada melhor, hein, acabam-se todos os problemas, a gente encontra a paz nos braços dessa senhora.

— Você não disse que é difícil conseguir um encontro? Olhe só para mim, acho que ela não vai estar disposta a me receber.

Ele acende um fósforo, com o qual acende o meu cigarro e depois o seu.

— É porque ela tem uma agenda cheia. Mas a *Lady* quer com todos. Eu estou achando que quem não quer é você. Tem medo ou algo assim. Senão, há muito tempo teria ido procurá-la.

Eu não conhecia aquele sujeito de lugar nenhum e achava que ele estava ficando confiado demais, por isso me abespinhei e disse:

— Cuidado, hein? Não gosto que me chamem de covarde. Essa senhora de quem você está falando vai me dar medo por quê? Se eu vim aqui enfrentar o que mais aterroriza as pessoas. E até agora quem saiu ganhando fui sempre eu. Por isso, é melhor pôr na sua cabeça — digo. — Eu não tenho medo de nada. Nem sequer da morte. Entendeu?

O cara faz que sim com a cabeça e olha à distância, dá uma tragada no cigarro e, ao expirar a fumaça, ouço-o dizer:

— Claro que sim, compadre, como não vou entender? Eu só digo que também existem aqueles que, sim, têm um pouco de medo, e não há por que se envergonhar. Dá para entender, porque, quando alguém tem um encontro com a *Lady*, depois não há volta. A pessoa sente que descansa e lhe dá uma paz, então há quem não queira voltar. E tem de entregar tudo o que teve na vida. Não tem outro jeito.

A mim tudo aquilo soava como algo que já me haviam dito antes, mas, acima de tudo, dava-me uma espécie de tristeza que me crispava os olhos, e eu não conseguia conter as lágrimas.

— Eu já não tenho nada. Só quero a minha *lady*. Não peço mais.

Ficamos um tempo olhando a floresta no horizonte, eu de vez em quando me virava e o observava, observava os detalhes de sua pele acobreada que brilhava com o resplendor do entardecer, ou amanhecer ou o que fosse aquilo, e tinha uma qualidade etérea. Eu não tinha certeza de que ele estava ali. Dava a impressão de ser um tanto parecido comigo, um ser que não pertencia realmente a este mundo, talvez outro fantasma, mas ali estava ele sentado, fumando seu cigarro em silêncio, com um sorriso que se enroscava num canto da boca.

Fiquei pensando no que ele estava dizendo. Sim, a *lady* foi meu maior amor, minha relação mais duradoura. Sua ausência sempre produziu em mim cólicas estomacais que nenhuma outra falta ou saudade e nenhum outro desamor conseguiram provocar. Aqui sentado, sinto como a hera vai se dissipando das minhas veias, e eu vou recuperando todas aquelas sensações que anestesiei com remédio para a dor durante muitos anos. A súbita onda de substâncias químicas que inundam meu cérebro, como se uma represa se rompesse, esta sensação esmagadora de nostalgia e angústia que dói até o mais profundo das entranhas, à qual sempre me refiro como doença, talvez seja o que os outros chamam singelamente de "estar vivo". Fazia muito tempo que eu não sentia o espasmo de estar vivo como agora, que estou tão próximo da morte. Ali sentado com tremedeira e espasmos, esperando as câimbras, começo a entender que esta sensação da qual fugi durante todos estes anos, esta dor é, na realidade, meu verdadeiro lar, o lugar onde vivem todas as pessoas que deixei pelo caminho.

Por alguns momentos, o sujeito me olha de esguelha e me vê retorcendo-me em silêncio.

— Há quanto tempo não vê a tua senhora?

Fico pensando, mas no meu estado é difícil determinar com certeza.

— Não sei. Há quanto tempo estamos aqui sentados?

Sem me olhar, o sujeito murmura algo entredentes, mas não consigo ouvir o que ele diz. Tudo o que está me acontecendo tem qualidade de sonho.

— Estou me sentindo muito mal. Sem ela, sinto que vou morrer.

— A minha impressão é de que você já está se esquecendo dela, de que já não precisa dela. Eu lhe ofereço algo melhor. Aceite minha oferta.

Ele sorriu e me observou de esguelha, em silêncio.

Às vezes há seres assim, que se apresentam durante a fissura e tentam ajudar a gente. Dão um jeito de te arrastar para um lado ou para o outro, oferecem a dose que você estava procurando ou tentam te convencer a se trancar num quarto para limpar as veias de uma vez por todas. Ainda não sei o que esse aí quer, mas para algum lado quer me levar.

— A minha impressão é que lhe faria bem um encontro com a *Lady* — diz.

— E você tem certeza de que pode arranjar isso?

O sujeito sorri e diz com orgulho, quase presunção:

— Eu sou o guardião da porta. Eu decido quem entra e quem fica do lado de fora, esperando.

— E você acha que me deixam entrar? Acha que algum dia ela me recebe? Todos me dizem coisas tão diferentes, que não sei se algum dia vou conseguir conhecê-la de fato.

— Amigo — diz Juan com um sorriso —, essa é a única mulher no mundo que não precisa de apresentação, porque todos já a conhecem. E, se não a conhecem, vão conhecê-la bem depressa.

Olho para ele com meus olhos secos e vazios.

— Não tenho nada para pagar. Só tenho estes brincos de prata — digo, mostrando-lhe os brincos —, mas queria comprar minha hera com eles.

Seus olhos se iluminaram ao ver os brincos de prata com esmeraldas. Pegou-os e revolveu-os na mão, examinou-os um momento antes de perder o interesse e devolvê-los.

— Isto aqui não tem nenhum valor — diz. — Mas não se preocupe, porque todos encontram com que pagar o passe.

Minha alma também não tem muito valor, mas eu não iria dizer isso. Esperaria que ele entendesse isso sozinho, quando já fosse tarde demais.

— Aonde preciso ir? — pergunto.

Juan levanta o braço para a floresta e aponta ao longe, para os muros das fazendas em ruínas, e me diz:

— Lá, ao Morro das Almas.

Observei o trecho de floresta que nos separava dele e percebi que seria um caminho longo e árduo. Não disse nada, mas sabia que, sem minha *lady*, não poderia chegar nunca.

— É distante — diz ele —, mas vale a pena. Lá está tudo o que o senhor procura. Muitos dos que vieram aqui, como o senhor, muita gente que se perdeu ou desapareceu foi para lá.

Eu me lembrava daquele sonho de ópio dos primeiros dias, da sensação de que todos os meus amigos mortos na realidade tinham vindo parar aqui.

— Ali há um local de reunião para picadas? — perguntei.

O sujeito sorriu e negou com a cabeça.

— Quase. Pode chamar de comunidade. Lá se encontra tudo o que lhe faz falta. Ali vai encontrar a *Lady*.

Soava como uma oferta generosa: uma ida sem retorno a um lugar de descanso do qual não se voltava nunca mais. Era justamente disso que eu precisava. Não queria admitir, mas tinha medo da travessia.

— Você não pode me ajudar? — pergunto. — Vá perguntar se ela tem o que estou procurando. Eu fico aqui esperando. Não vou sair daqui.

— Vamos fazer o seguinte — diz ele —, você continua passeando, para ver se encontra o que está procurando. Quando estiver pronto, mando os meus trazê-lo de volta. Mas olho vivo, porque, senão, vai ficar vagando pelo povoado à procura de sua senhora, gritando e escrevendo coisas nesse caderno para sempre, e nunca vai acabar de morrer.

Juan me deu uma palmada nas pernas esqueléticas, ensaiou um sorriso e levantou-se. As marteladas metálicas recomeçaram, as pancadas retumbavam na minha cabeça com uma força sem precedente, como uma enxaqueca que palpitasse em alguma artéria profunda do meu cérebro. Como querem que eu evite ficar vagando por aí se não param de me mandar de um lado para outro deste povoado? Mandam-me de guichê em guichê para tirar o formulário de petição do certificado para a aprovação da licença preliminar, e, enquanto isso, só vou ficando mais doente. Sinto que, se deixar que os sentidos retornem ao meu corpo, vai voltar a única coisa que quero evitar a todo custo: o medo, a sensação de pânico, como de estar encerrado num lugar sem ar, morrendo de asfixia.

Não recordo quando foi a última vez que passei tanto tempo sem minha *lady*. Pelo que lembro, depois de alguns dias, a coisa se transforma numa descida a um inferno febril e delirante. Eu já deveria estar me retorcendo de dor; se bem que, de certa forma, há dias me retorço de dor. Por que essa fissura infernal nunca acaba de me pegar? Ela me faz de joguete, ameaça me afundar completamente, mas nunca termina por me derrubar. Ou será que estou caído em alguma valeta, com alucinações, e nada disso está acontecendo?

Por que sinto que ainda consigo me levantar daqui? Até sinto algum vigor nas pernas, nos braços. Pode ser que seja a nicotina, ou até a própria fissura, essa energia que carrega meu corpo nauseabundo e atrofiado em direção à dose e é muito mais forte que eu. Ela me eleva vários centímetros acima do solo e me faz flutuar de um lugar a outro para saciar meu apetite de fantasma faminto. Esta sensação de ter as vísceras girando como uma centrífuga e de estar numa armadilha, incapaz de deter a própria marcha nem por um instante, de não conseguir descer da montanha-russa, isso só pode ser o inferno, e eu já estou nele há muitos dias.

15

Faz algum tempo que as marteladas metálicas pararam, mas não me dei conta disso porque o que nunca parou foi a palpitação dentro da minha cabeça. Não estou vendo Juan em lugar nenhum, e a porta do estabelecimento continua fechada com uma corrente de aço. Eu disse que continuaria tentando, mas acho que devo admitir que nunca vou encontrar minha *lady* e muito provavelmente vou morrer de abstinência na beira do caminho. É bem provável que meu corpo não sobreviva a algo assim, aqui neste estado e sem ninguém para cuidar de mim. É ruim eu ter de ir embora desse jeito. Esse não era o plano, nunca imaginei que acabaria toda a hera que eu trouxe, mas veja só, eu sou um buraco sem fundo e devoro tudo pelo caminho, todas as formas, toda a luz.

Não posso parar. Há muito caminho que percorrer até o Morro das Almas, que é para onde me dirijo agora, mais por resignação do que por necessidade. Tenho a impressão de estar andando em círculos, e a cada volta que dou sinto mais câimbras, mais paralisação nos músculos. Se alguém cruzasse comigo por este caminho, talvez visse apenas um saco de pele cheio de vísceras, gemendo e flutuando acima do chão, fumando cigarros — ainda sobram dois —, e veria aparecer e desaparecer estradas elétricas e ramificações circulatórias, minhas veias e meus nervos, piscando e lançando centelhas como as luzes das árvores de Natal, formando-se à medida que as vou sentindo e criando com minha consciência, e depois voltando a desaparecer à medida que volto a esquecê-las.

Estou recobrando as sensações em todo o meu ser, e, com elas, vêm inevitavelmente todos os velhos achaques que carrego comigo. Não só as dores de dentes e as de estômago de que descuidei durante anos e terminaram por ulcerar-se e tornar-se insuportáveis. Estou falando das outras dores, da angústia principalmente. Quando a fissura me ataca, a primeira coisa que sinto e quero acalmar é a angústia. Durante toda a minha vida senti essa angústia que chega quando estou só e se acalmava um pouco, lembro, naquelas festas *rave* que eu frequentava com meus amigos. Talvez o que me tranquilizava não fossem as drogas, mas ter gente em volta, ver os rostos dos amigos. As drogas só garantiam que os amigos sempre estivessem ali, sempre voltassem e nunca me abandonassem.

Aqui já não resta ninguém. Antes pelo menos eu tinha a *lady*, mas agora estou só. E, como a minha mente acredita que o que quero é ver meus amigos, ela os vai mandando um a um, e aí estão. Vejo seus corpos descarnados ou então suas cabeças aparecem ao longo do caminho. À medida que os encontro, eles caçoam da minha marcha fúnebre ou me animam. Dizem:

— Que tal esse bode, brother?

Viro-me e vejo a cabeça de Jairo pousada numa pedra e, uns metros adiante, encaixada num barreiro, a de Romuel, que responde:

— Não, cara, o que o meu chapa tem em cima não é um bode qualquer... é o chefe do rebanho...

— Ele vem vindo com o cabril inteiro nas costas, coitado...

Jairo se sufoca de rir, enquanto Romuel prossegue:

— Olha só pra ele, que fissura espetacular...

— Fissura nada, isso já é um rombo...

Estão rindo de mim, os babacas. Fugindo, ainda os ouço brincar.

— Um autêntico arrombamento...

Afasto-me deles e alguns passos adiante vejo Elisa flutuando entre as árvores, pura cabeça com vísceras dependuradas, e ela me diz:

— Força, cara, você já vai chegar, já está quase lá. Logo vai alcançar essa boca, a mais doce que já provou na tua vida inteira.

Ao lado dela, da penumbra que se forma no matagal, emerge o Cristo com o coração de fora, levantando a mão e me cumprimentando de longe com movimentos lentos.

— Ânimo — diz ele. — Você vai ver que bela dormideira te espera, mano...

Já não sei se o que está me acontecendo é uma síndrome de abstinência ou algo mais. Isso eu já senti muitíssimas vezes, mas este processo, por mais que tente se disfarçar de fissura infernal, por mais que tente imitá-la e se parecer com ela, isto é coisa muito diferente. Este retorno cíclico, trabalhoso, por um caminho pedregoso e rodeado de mata selvagem, dá a sensação de ter caído numa armadilha. Talvez este momento de suplício antes de morrer seja o que se chama purgatório. Alguns passam por ele numa cama, para outros ele dura apenas o segundo em que o coração para de funcionar. Eu já estou nele faz muito tempo.

O povoado escurece ao meu redor, as formas das árvores e suas folhas vão perdendo detalhes e os contornos das casas se diluem, como se toda a luz do lugar estivesse indo embora. Talvez eu também esteja ficando cego. Caminho em linha reta sem nunca encontrar obstáculos ou sair dos limites do povoado. Não consegui encontrar nenhuma trilha que me aproxime do Morro das Almas, mas, procurando, deparo com uma choça de pedra que resplende por dentro. Em seu interior há cinco adolescentes ajoelhados no chão, de mãos dadas, com uma vela acesa no meio. A garota deve ter uns dezesseis anos e parece ser a mais velha.

— O que estão fazendo? — pergunto, e todos se sobressaltam, mas só a moça vira o rosto e me observa fixamente. O menor do grupo, de uns onze anos, também abre os olhos e tenta focalizar o olhar em mim, mas com dificuldade. Parece que tem uma infecção nos olhos; eles são vermelhos e inchados, cheios de remelas. Os outros viram-se ou fecham os olhos, nervosos, ou então ficam quietos, pálidos, observando-se fixamente uns aos outros ou olhando para a moça, que me responde:

— Estávamos te esperando.

Para não os assustar, digo:

— Estou procurando a minha *lady*. Será que vocês têm um pouco para me dar?

A garota me observa, enquanto o menino esfrega os olhos inchados para tentar me ver através das remelas. Dois deles são gêmeos e parecem ser irmãos da garota. São idênticos a ela e a observam fixamente, trocando olhares. Um quinto adolescente, de uns catorze anos, percorre o quarto com o olhar, observando a cena com preocupação e medo. Não gosta da minha presença e, de vez em quando, solta em tom de súplica:

— Por favor, vamos embora.

Os outros não ligam para ele. Quando está a ponto de se levantar, a garota o segura, obriga-o a sentar-se. Nenhum deles tem coragem de olhar para mim, além dela e do menino de olhos inchados. Ela se vira e tira um prato fundo de uma mochila. Começa a preparar alguma coisa dentro dele e, quando o põe na minha frente, vejo que no prato há uma seringa de *lady*. Não é a minha, não é a que eu tinha preparado, mas é o que estivera procurando todo aquele tempo.

— Você precisa saber que isto não vai matar a tua fome. Só estamos dando por caridade.

Eu me sentei a um canto do quarto; nunca tinha sido pudico com essas coisas. Peguei a seringa e me injetei; sentia as veias tão apertadas que mal conseguia enfiar a agulha. Deu trabalho fazê-la entrar, como se minha pele fosse de borracha, ou como se minhas veias fossem estreitas demais para a agulha. Quando, finalmente, consegui empurrar a mistura para dentro, percebi que era a melhor heroína que já havia provado, embora nem tenha sentido o golpe. Simplesmente matou minha fome e, ao mesmo tempo, senti sono, como se tivessem me dado algo que não me davam fazia tempo: licença para descansar um pouco.

— Com quem você está falando? — pergunta o adolescente assustado, mas eu não ouço o que ela responde. Como nos velhos tempos, minha mente se liberta deste mundo e se afasta, vagando livremente. A heroína deixa de ter efeito sobre meus sentidos, dentro de mim só há fome e desassossego. Ela acendera um incenso de ervas que enchia o quarto lentamente com uma fumaça espessa, e na fumaça eu via as formas das minhas recordações.

São recordações recentes, recordações de mim mesmo vagando por Zapotal. É meu tempo perdido. Vejo multidões observando-me dos milharais, das casas abandonadas, sussurrando. Vejo gente espiando de cima das muralhas das fazendas do morro, suas silhuetas indistintas ao longe, conscientes da minha presença, de que estou me aproximando e, cedo ou tarde, chegarei. Vejo um corpo estendido muito quieto num catre, tão cinzento quanto a fumaça na qual o vejo formar-se, rodeado de presenças que sussurram com preocupação. Sou eu, mas vejo tudo de fora, como em sonho, ou como um espectro. Sinto os limites de uma caixa muito estreita descendo bem além da crosta terrestre. Tem forma de corpo humano e se dissolve imediatamente na fumaça. Só ficam resíduos, partículas que perduram flutuando sem forma, e brotam do incenso como uma corrente de água com forma de vento.

Todas essas são recordações do outro lado, coisas que não se pode recordar quando se está vivo. Foi como se meus olhos tivessem focalizado e de repente pudessem ver que naquele prato que me haviam oferecido só havia um gole de leite. O sentido do tato voltava ao meu corpo, e eu sentia que os farrapos desfiados que usava havia dias eram como uma sombra, imateriais, desvaneciam-se ao serem tocados e, debaixo deles, o mesmo ocorria com minha pele, com minha carne, até mesmo com minhas entranhas flutuantes, palpitantes, que se tornavam translúcidas e chegavam a ser transparentes, enquanto só o vago contorno do meu esqueleto ficava sutilmente estampado no tecido do ar.

Eu tinha morrido fazia tempo. Não sabia exatamente quando. Estivera andando sem rumo, atormentando os locais, soluçando e escrevendo anotações do além-túmulo. As mesmas coisas que eu fizera em vida continuei fazendo depois de morrer. Até mesmo me havia picado com alguma coisa que só podia ser hera fantasma e estivera fumando cigarros que só podiam ser cigarros fantasmas.

— Há quanto tempo estou morto? — perguntei assim que saí do sopor.

— Aqui na Terra, são cinco meses — diz ela —, faz cinco meses que você anda aos trancos e barrancos, fazendo escarcéu.

— Não pode fazer mais de três semanas que estou aqui. Não é possível.

— Foi há quase meio ano. Foi levado ao cemitério, mas não quis ficar quieto. Depois precisaram te tirar de lá, da casa de dom Tomás.

— Me jogaram na rua. Tiraram tudo de mim e me jogaram ao relento, para morrer.

— Já estava morto — diz ela —, foi preciso queimar a tua seringa para que ninguém se picasse com ela. Por isso você não a encontra. Nós estávamos ali, fomos levá-lo ao cemitério com dom Tomás e Rutilo, deixamos com você a caixinha de lata, o lápis e o caderno. Dom Tomás te enterrou até com uns cigarros. E você ainda é mal-agradecido, anda por aí importunando, isso é o que acontece. Não havíamos nem acabado de tapar a cova e você já andava rondando pelo povoado.

— Rutilo — digo —, aquele cana de merda só fez me enxotar de todos os lugares onde vou me deitar. É culpa dele se eu atormento o povoado.

— O Rutilo não é da polícia — diz ela —, é o bruxo. Só ele, eu, os cachorros, talvez algumas crianças e alguns mortos podem te ver. O restante só ouve você gritando de dor e batendo nas janelas, arrastando os pés no teu vaivém. Sentem teu cheiro e, quando você se aproxima, sentem frio. A gente do povoado pagou Rutilo para te encaminhar, te ajudar a descansar. Ele mesmo foi até Otilia Sierra e a repreendeu até que ela lhe desse o que te devia. E só assim conseguiu te tirar da casa de dom Tomás.

Nada tem sentido.

— E você? — pergunto. — Por que consegue me ver?

Ela me olhou fixamente e não disse nada, mas deixou entrever que em seu pescoço e nos seus braços se estendiam cicatrizes de queimaduras em forma de árvore que percorriam todo o corpo; então entendi que ela era igual a mim, ou ao que eu tinha sido; que ela havia cruzado o umbral da morte também.

— O ruim de viver num povoado tão pequeno e tão triste — diz — é que às vezes até os mortos são melhor companhia. Por isso passamos o tempo aqui metidos e lá no cemitério, vendo com quem podemos nos encontrar para conversar um pouco.

Os irmãos alternavam o olhar perdido entre a chama da vela, a irmã e eles mesmos, enquanto o adolescente tinha se acocorado num lugar afastado do círculo, com a cabeça entre as pernas. Portanto, esses são os famosos adoradores da morte de que Rubí falava; uma turminha de garotos desenganados que fazem sessões espíritas nas casas abandonadas do povoado para não enlouquecer de tédio.

— Este garoto também te vê — diz a moça, abraçando o menino das remelas, que não tirou os olhos de cima de mim e cujo terror talvez não seja evidente por trás do inchaço dos olhos. — E isso?

Ela o abraça e o chacoalha ligeiramente para que ele responda. Ele abaixa a cabeça e, com voz entrecortada e chorosa, murmura:

— É que os moleques do povoado me fizeram um desafio, e eu pus remela de cachorro nos olhos. Que é para ver os mortos. Agora dizem que estou louco e querem me prender no orfanato. Por isso fui embora, vim para cá, com eles — disse, apontando para os outros garotos.

— Por isso os olhinhos dele se infectaram — diz a menina, tirando as remelas de seus olhos e ajeitando seus cabelos.

Observo-os por alguns instantes e só consigo sentir uma forte impressão de injustiça. Eu não passava de um espectro faminto vagando pelo povoado, rogando pela única coisa que acreditava poder saciar o vazio dentro de mim. Todos pareciam saber disso, menos eu. Ali nasceu em mim um sentimento novo, algo que eu nunca me permitira sentir antes, algo assim como uma vaga mas penetrante sensação de vergonha.

— Por que ninguém me disse que já estava morto?

A garota, enternecida, endereçou-me seu melhor sorriso.

— Amigo, isso não se faz. É simplesmente uma questão de cortesia. Você acordaria um sonâmbulo? Não, mano, você só dá um jeito de ele se deitar de novo. Tenta convencê-lo a ir descansar...

— Chega, parem com isso — diz o adolescente, aterrorizado —, aí não há ninguém. Com quem estão falando?

Ninguém respondeu. Tentei me lembrar de quando eu poderia ter passado para o outro lado. É estranho migrar para outra terra sem perceber, mas eu tinha me demorado muito naquela viagem, a rota se tornara minha atividade cotidiana desde muito tempo. Não é fácil determinar o momento exato em que cruzei a fronteira, porque passei muito depressa de estar morto em vida a estar vivo na morte, e minha experiência não mudou tanto durante a transição. Ambos os lados da fronteira tinham sido o mesmo descampado desolado, a perder de vista. Passei grande parte da existência faminto, miserável, ignorado por todos e com um corpo em estado de parcial decomposição. De certa maneira, a morte tem sido meu elemento, meu estado natural, há muito tempo.

Rememoro minha chegada ao povoado, minhas noites febris com alucinações em sonhos de ópio. É como tentar determinar em que momento a gente adormeceu e começou a sonhar. Quando foi que as coisas se tornaram diferentes, sem cor? Em que momento o tempo se tornou caótico, descontínuo, irregular, travado num ciclo recorrente? Isso já me acontece há muito. Tento rememorar quando foi a última vez que comi, ou que caguei, e faz tanto tempo que já não me lembro. A fome que sinto não é de comida, nem de droga. Já não sei de que é esta fome que nós, fantasmas, sentimos.

Tento me lembrar em que momento comecei a ver os mortos, ou eles começaram a me ver; em que momento fiquei sozinho neste povoado congelado no tempo, mas os mortos eu carrego há anos, e sempre estive só. O tempo sempre foi uma tortura entre uma onda e a seguinte. Tento organizar minhas lembranças, minha última noite de bar, o incidente no sítio de Antonio Sierra, minha marcha fúnebre sem roupa debaixo da chuva, até aquele arpão de *lady* que me injetei, pouco antes de me levarem ao cemitério.

Aquele pico que eu havia preparado com tanto esmero, com tanto amor, pelo qual vaguei pelo povoado durante tantos dias. Por algum motivo não o encontrava, por algum motivo estou morto: parecia que, de fato, aquela picada tinha sido o meu disparo final.

— Dizem que se sente muita paz — solta ela.

Ainda me observa, de joelhos, de um ponto do círculo, com o rosto tenuemente iluminado pela vela. O adolescente abaixa a cabeça, não quer saber de nada.

Os gêmeos continuam sem olhar para mim, agora entendo por quê. Nenhum dos três me vê.

— Não senti nada — digo —, mas faz muito tempo que não sinto nada. Mesmo assim, tenho muita pena de ter perdido esse instante em particular.

— Os teus entes queridos não apareceram para te guiar ao outro lado?

Fiquei pensando. Tudo era muito patético, em retrospectiva.

— Acho que meu cachorro tentou. Mas não dei bola.

— E Nossa Senhora? — diz ela. — Você não viu Nossa Senhora? Não chegaram espíritos para te levar até a luz antes de você cair aqui de volta?

— Não me lembro. Acordei no cemitério. Como me enxotaram do quarto, fui procurar o Juan. Ele me disse que devia ir ao Morro das Almas e no caminho encontrei vocês.

— Se viu o guardião da porta — diz ela —, ele te ofereceu uma entrada. Por que não a aceitou?

— Eu precisava ir a um lugar muito distante e fiquei com medo de não chegar. Queria ver se conseguia um pouco de *lady* para o caminho.

Ela baixou o olhar e balançou a cabeça.

— Então a tua alma está mesmo muito doente.

Ficamos em silêncio alguns minutos, sentados todos em volta da vela, com a fumaça do incenso enchendo o quarto. Eu me sentia vítima de uma trapaça, como daquelas vezes que me vendiam canela em vez de hera, mais ou menos como deve ter se sentido toda aquela gente que eu parava na rua para pedir dinheiro. Sentia que tinha sido pego desprevenido, que ninguém tinha me explicado direito as regras, que o navio tinha zarpado sem mim. Só que dessa vez eu o perdera num momento de distração e burrice, num instante de medo, não era um maço de notas nem uma dose de hera, não era o kit com o arpão mais delicioso que eu havia preparado, nem o amor da minha vida que tinha ficado roxa depois de horas asfixiada no próprio vômito; era a minha vida inteira e, com ela, qualquer oportunidade de participar da existência terrena.

— Isso que está na tigela o que é? — pergunto.

— Uma oferenda, para acalmar tua fome por um tempo.

— Quero mais. Só um pouco.

— Não, eu já não posso fazer nada por você. Se você encontrar de novo o guardião da porta, sugiro que aceite o convite.

O adolescente a olhava falar com um misto de curiosidade e assombro e, quando caímos de novo num silêncio pesado que enchia o quarto, perguntou:

— Que tanto ele está dizendo?

Falava de mim como se eu não estivesse ali, mas prendeu a respiração quando a ouviu falar. Ela sopesou as palavras e, observando-me, disse:

— Às vezes as pessoas vivem cheias de desejos que não conseguem satisfazer com nada. Seus desejos não desaparecem nem com a morte. Essas almas vão pelo mundo tentando saciar a fome que sentem, mas não conseguem. Têm barrigas do tamanho das montanhas, mas bocas pequenas e estreitas como alfinetes. Estão condenadas a sentir fome para sempre. Neste, foram as veias que se tornaram pequenas, coitado. Anda vendo para onde vai agora, porque aqui... aqui não pode ficar.

O garoto não queria acreditar e, como último recurso para lutar contra o medo, começou a caçoar dela. Disse que ela sempre tinha sido a louca, a esquisita do povoado, que todos sabiam disso desde que foi abraçar o transformador elétrico, depois de seus irmãos morrerem naquele acidente da serraria. Que ninguém se surpreendia por ela continuar a pôr pratos na mesa para os irmãos depois de tudo aquilo. Agora, para continuar se mostrando sensato, o garoto acha que a louca do povoado só quer assustá-los.

Os dois gêmeos, ali sentados, não abriam a boca. Acontece que eram os irmãos mortos e que iam pela morte seguindo a irmã, olhando as velas, olhando-se um ao outro e a si mesmos, muito calados. Eu não tinha entendido até então que eles também pertenciam àquele clube seleto de que o Mike falava. Perguntei à garota por que, se estavam mortos, eu os via, e eles não me viam. Ela disse:

— Os mortos só veem o que lhes dá na telha.

Eu respondi que isso os vivos também faziam.

16

Quem diria? A morte não é como eu achava que ia ser. Muita gente tinha me avisado de que, um dia, sem nem perceber, eu ia acordar morto. Tinha vindo a Zapotal para tomar aquela decisão com consciência, para pôr fim em tudo, sem ficar alheio quando acontecesse, alcançando plenamente aquele embalo, depois do qual só haveria paz e nada mais. Agora que vejo as coisas como são, sei que tudo aquilo foi uma cilada; a cilada quem armou foi a *lady*, para eu ficar com ela. Aquilo que senti, aquele embalo de paz, não era a morte. Não podia ser, porque eu sempre voltava. Da morte não se pode voltar. Desta, não vou voltar jamais. Disso estou seguro.

Se eu soubesse que ir para o outro lado seria mais do mesmo, não só essa noção teria parecido insuportável para mim, como também eu teria ficado na cidade. É pena não existir heroína para a alma, e meu corpo, o único que entende a *lady*, agora está vários metros sob a terra, lá no cemitério. Parece difícil, a estas alturas, recuperá-lo. O que me dilacera por dentro é saber que perdi o espetáculo principal, e agora começo a me perguntar que tantas outras coisas terei perdido na vida enquanto matava o tempo, deitado na onda com a *lady*.

Com razão ainda ando por aí rondando, com razão sentia que meus membros recuperavam o vigor: este corpo que sinto não é o corpo que me deram ao nascer. Este eu mesmo vou criando, com o resíduo de consciência que me resta. E o crio a partir da lembrança que tenho do que era habitar um corpo. Lembro a sensação agridoce da úlcera no estômago, a pressão dos ossos se encaixando contra a carne, o ardor e o prurido generalizado de cada centímetro da minha pele. Isso me dá ilusão de solidez reconfortante, ajuda a recordar como eram as coisas. Tudo o que fiz até agora foi como que uma tentativa inútil de rememorar o que era estar vivo; por isso até pouco tempo eu continuava procurando tão desesperadamente a *lady*. Nunca entendi o que acontecia quando estava vivo. Não seria surpresa a morte ser igual.

Tive de sair da cabana. A fumaça do incenso começava a me sufocar; acho que por isso o acenderam. Quando fui embora, desejaram-me boa viagem. Boa viagem para onde, pensei. Ainda resta um vestígio de vontade em mim, só por isso continuo aqui. Ainda há algo pendente. A única coisa que se vê nesta escuridão são algumas janelas de casas que parecem resplandecer por dentro. Aproximo-me, espio. Dão para lugares improváveis; para quartos, banheiros e corredores. Essas aberturas pelas quais espio há dias são os espelhos das casas, e eu vou me movendo através deles. São algumas das minhas únicas janelas para o mundo dos vivos.

As outras são as velas. Às vezes parece que estou atravessando uma grande extensão de vazio sem forma nem presenças, sem estrelas no céu, guiado apenas por diminutas cintilações de luz na escuridão, que persigo tateando até que se tornem suficientemente grandes para ver que são velas acesas. Tornaram-se os únicos pontos de referência que tenho, e vou de uma vela acesa a outra entre os vivos. Às vezes deparo com gente dormindo, outras vezes com gente que está bebendo, ou com uma família que come feijão. Ouço-os falar de fome e de dores de amor. Problemas de vivos. Ninguém se vira para me olhar.

A igreja e o cemitério estão cheios de velas e brilham por dentro, mas dali não me aproximo porque se ouve uma espécie de barulho de tumulto. Devem estar cheios de mortos. Já não sei nem o que procuro, mas sei que vou continuar vagando, faminto, procurando. Não quero viver a existência de um fantasma, fumar, comer e me picar com oferenda até o final dos dias da Terra, ou até que a autoridade encarregada decida que estou pronto para ser absolvido. Sei que não posso andar pelo povoado ameaçando as pessoas para que elas ponham tigelas de leite nas entradas de casa se quiserem passar noites silenciosas, noites sem gritos e uivos de doente. Não quero ter de me submeter a exorcismos de vez em quando até me prenderem numa garrafa ou algo assim. Quero sair daqui, quero descansar.

    Fico angustiado quando me pergunto quanto tempo terei de ficar vagando por aqui, mas talvez isso tenha alguma relação com o que eu me propus desde o começo, com o sentido que era preciso dar a esta experiência, ainda que só para mim e para mais ninguém. Talvez esse seja o propósito deste caderno. Talvez esse inventário que se faz antes de atravessar o umbral não seja algo que tenha acontecido só comigo, talvez seja o que os tibetanos chamam de *bardo*. Se for, não é nada igual ao que eu esperava. Achei que seria mais... não sei. Mais espetacular, talvez.

    A Valerie passou um tempo lendo *O livro tibetano dos mortos*, que ela me presenteou em algum momento. Disse que eu devia ler, nem que fosse só uma vez, mesmo que eu não entendesse nada. Sim, eu li, me lembro, e não entendi nada. Segundo o livro, era o que se via ao morrer. Eles dão a isso esse nome, *bardo*. Dizem que vemos a nossa vida desfilar e aparecem uns monstros com uma porrada de braços e colares de crânios, armados com gumes, e depois luzes e gente transando. O livro dizia que, quando os monstros aparecessem, não era para ter medo, porque eles não são reais, só estão ali para assustar e distrair a gente, porque se deve ficar bem atento a umas luzes coloridas que aparecem entre os monstros e as pessoas transando, que são como que vias expressas para o outro lado.

Dizem que aparece uma luz clara primeiro, e, se você agarrar essa, já está feito. Você se torna um iluminado cósmico e vive para sempre na luz resplandecente do absoluto. Essa eu perdi, evidentemente. Mas, se a gente perder essa, aparecem outras luzes, e pode agarrar essas outras para nascer de novo. Eu não sei se quero nascer de novo, ia me dar uma preguiça danada nascer e começar outra vez, principalmente porque sei que o nascimento é sentido como se acabassem de acordar a gente de uma overdose com naloxona e imediatamente depois começasse a fissura. Apesar disso, em vista das circunstâncias, nascer de uma vez parece melhor opção do que a alternativa, que é ficar vagando por aqui. Enfim, nesse livro descrevem tudo de modo muito espetacular. Não tem nada a ver com o que tem acontecido comigo. Quem poderia imaginar que todos aqueles merdas de tibetanos de roupão só estavam dizendo pura besteira.

Já não tenho aonde ir, sou uma alma sem rumo, como um migrante que sabe que as coisas do outro lado são iguais, ou piores. Antes pelo menos existia o calor constante da carne palpitando sangue de maneira tênue e febril, existiam desejos para perseguir e sonhos de ópio, pelo menos isso me mantinha andando. Ainda vivia no reino tangível e manipulável da neuroquímica.

Agora não há química para alterar, nem estômago para encher. Já não sei o que me cabe buscar, o que me cabe desejar, desvendar, resolver. Esses são prazeres reservados aos vivos.

Antes pelo menos havia sensações que vinham de fora, como o ar que acaricia a pele; havia a luz do sol brilhando sobre mim e sobre as coisas, e cores. Não isto, não fragmentos de luz aprisionados e ecos ricocheteando sem rumo numa câmara escura, não estas impressões residuais. Antes pelo menos havia gente aqui, não esta solidão e desolação, a gente podia ir ao bar e ser rodeado e incentivado a se dar um tiro, e podia se negar. Na morte estamos sozinhos. Como na vida, mas na morte estamos um pouco mais. Ou, pelo menos, eu estou.

Faz tempo que estou percorrendo o caminho que traz até aqui. Toda uma vida afugentando as pessoas; a única coisa em que poderia me transformar seria em monstro, ou espectro. Quem sabe para onde foi minha mãe, para onde foram Mike, Valerie e todos os meus amigos, mas aqui não estão. Por fim consegui: fiquei completamente só. Agora, sim, tenho tempo para pensar na vida. Acho que isto é o inferno de verdade, principalmente para quem viveu a vida como eu vivi. Quem me dera ter melhor jeito de me consolar em vida, de aproveitar o tempo depois da morte. Dos meus melhores momentos não me lembro, e o que lembro me espreita e não me deixa dormir. Há algo na vida que não nos permite estar sós nunca; mas na morte não há outra opção além dessa.

A única coisa que me acompanha é a floresta. Continua dando flores, e de um lado do caminho encontro frutas como maçãs rosadas, que às vezes colho, cheiro e, tomado por estranha curiosidade, mordo e mastigo sua carne seca e porosa que troa e range entre meus dentes e tem sabor de terra amarga. Tudo para mim tem cheiro e gosto de terra há dias, é como se eu tivesse o nariz e a boca cheios de terra. Sei que não vou saciar a fome com essa fruta, mas, mesmo assim, mastigá-la e degluti-la dispara algo em mim. É como se meu ser fosse um nó de correntes elétricas enfeixadas pela memória, uma mixórdia de recordações que se dispersam conforme as vou revolvendo. Estar vivo é uma relação muito estreita com a matéria. Tudo o que fica de mim é feito de esquecimento, e, quando até esse esquecimento tiver terminado de se dissipar, eu talvez possa por fim descansar.

A floresta me observa, alta e escura em todas as direções como uma parede viva, um ente guardião encarregado de me manter encerrado nos limites do seu território. Por ela continua correndo água, ouço o som dos seus regatos, às vezes tenho a ideia de me ajoelhar na beira e beber, mas sei que toda a água da montanha se acabaria antes de ser suficiente para saciar esta sede. Perco-me no labirinto de clareiras, contornos e meandros; perambulo, assim como vi tantos perambulando por aqui antes de mim. Não gostaria de cruzar com ninguém, e, se isso acontecesse, provavelmente seria tão aterrorizante para mim como para os outros.

Há pouco encontrei um pastor que tinha adormecido junto a uma clareira. Ainda brilhava uma aurora crepuscular, e eu me aproximei dele em meio à névoa, cheguei tão perto que conseguia discernir a cadência das contrações e expansões do seu ventre no ritmo da respiração. Nunca tive ambição suficiente para sentir inveja, mas acho que senti por aquele homem alguma coisa parecida com inveja. Há algo invejável no estado transitório de estar vivo, no prazer de poder saciar a fome com comida, afogar os pesares com lágrimas e aguardente e descansar o cansaço do corpo depois de trabalhar. Abandonar o corpo e dormir. Até o ato de respirar, que é como poder aliviar constantemente o sufoco que o corpo sente em seu estado natural, parece-me algo invejável.

Acho que me aproximei demais e ele acordou sobressaltado. Até pousou os olhos em mim, mas em seguida desviou o olhar, tranquilizou-se e voltou a dormir. Quando acordar nem vai se lembrar de que me viu. Em outros tempos eu teria achado que ele estava me ignorando por eu ser um *junkie* asqueroso, para que eu me afastasse. Agora sei que os vivos também ignoram os mortos simplesmente para que os deixem em paz. Não o fazem de propósito, é um hábito que aprenderam para poderem viver sem sermões e exigências por parte dos defuntos. Aquele pastor não pode me ver. Só os cachorros me veem agora. Não sei se me seguiram do povoado ou encontraram meu rastro depois. Ajudaram-me a descer do morro, levaram-me de volta ao povoado.

— Mortinho — dizem-me com seu sorriso de cachorro —, pra onde agora?

E eu respondo:

— Para um lugar onde se possa dormir.

Eles me convenceram a vir de volta ao cemitério. Faz muito tempo que estou aqui estirado debaixo da minha árvore. Enfim, da árvore sob a qual me enterraram, que não posso chamar de minha porque somos muitos aqui. Faz tempo que estou aqui deitado, muito quieto, esperando para ver se funciona, mas uma coisa é certa: já não é possível dormir. O sono é para o corpo, não para a alma, e, enterrado aqui, alguns metros abaixo de mim, tenho certeza de que meu corpo descansa; mas, para mim, a morte é uma longa insônia na qual às vezes perco a consciência e, quando volto, sei que durante todo esse tempo estive rondando sem rumo nem sentido, sem saber exatamente o que é que estou procurando agora.

Não sei há quanto tempo estou aqui, neste lugar o dia nunca acaba de nascer. Não gosto do cemitério porque é barulhento; quando clareia, os vivos chegam para se lamuriar e, à noite, que é quase sempre, isto parece um salão de festas. Os mortos saem para se socializar, e os que não saem para se lastimar parecem gostar de ficar enfiados aqui, assustando crianças e inquietando mulas, assombrando as pessoas e os lugares. São como o bom Chachi, já fizeram seu lar no limbo, no meio do caminho em direção à terra à qual queriam chegar no começo.

Quando os mortos se aproximam de mim, eu rosno para eles, digo que me deixem em paz, que me deixem escrever, que, de todo modo, não sou daqui, só estou de passagem. Assim como sempre fiz. Percebo, pelas reações, que para eles sou como um novato na prisão, dão risada porque eu acredito que logo vão me deixar sair, mas não imagino o que me espera. Dizem que este é um lugar triste e solitário, que me aproxime para conversar. Quando eu continuava vivo e queria me deitar para descansar, também não me deixavam tranquilo, desde então já eram cochichos, vaivéns, encomendas. Resignar-me à existência dos mortos me parece um fracasso. Foi o que fiz em vida, e está claro que há algo nesse método que nunca funcionou totalmente.

Tive muito tempo para pensar, aqui deitado. Já não sinto desejos de perseguir a *lady*, ou talvez sim, mas sei que não tem utilidade. Quem diria que era tão fácil a recuperação; era só morrer e pronto. E a recuperação também não é como pensei que seria. Já me haviam dito que, quando a gente deixa a *lady*, redescobre todos os diminutos prazeres da vida que tinham sido esquecidos e de que tudo é feito. Agora estou condenado a vivê-la aqui deitado, recordando com saudade os prazeres singelos da vida, como dormir, comer e transar. É absurda essa história de readquirir gosto pela vida e finalmente a entender quando já se está morto. Dizem que isso acontece com os outros também, que a gente só entende a vida quando já está velho demais para vivê-la. É o que dizem, mas não sei, nunca saberei, porque não cheguei à velhice e também nunca entendi nada da vida.

Neste mesmo instante, minha carniça perpetua o equilíbrio das coisas. Talvez por isso eu sinta formigas na pele e vermes nas vísceras há dias. Sinto certo orgulho quando penso nisso: agora, sim, poderia dizer que atingi meu objetivo, que deixei para trás as amarras da carne e os assuntos terrenos. Agora, sim, posso dizer que sou um ser feito apenas de espírito e que as coisas deste mundo já não me dizem respeito, já não são da minha conta. Mas teria de admitir que sinto falta delas constantemente.

Teria de admitir que este não é o final num halo de luz deslumbrante que me esperava. Não é nada de que me gabaria perante os que ficaram para trás. Se os visse, talvez tentasse avisá-los. É possível que muitos tenham tentado me avisar, como o bom Mike. A gente não dá ouvidos, acha que está com o cérebro ulcerado pela droga, acha que está delirando, e tudo isso é verdade, mas, de qualquer modo, faria bem ouvir as advertências. Parece que estão te dizendo: "Cara, não venha para cá, isto aqui está uma merda, fique aí e aproveite a vida, porque você tem sorte de ainda estar vivo." Mas a gente banca o besta. O que acontece é que nunca se aprende com os avisos, só se aprende levando porrada.

    Se houvesse pensado nisso antes, talvez tivesse feito as coisas de outra maneira, mas é possível que não, que teria feito tudo exatamente igual. Não gosto que me chamem de covarde, porque é preciso ter colhões para fazer o que eu fiz. Mas quem é que eu engano? Estou apavorado. A ideia de existir desta forma me apavora. Não sei se o que me assusta é a ideia de eternidade, ou se é pensar que tudo poderia ficar assim, estático, que nunca nada mudará e tudo permanecerá tal e qual era quando eu estava vivo. Isso parece pior do que qualquer inferno que me tenham descrito. A matéria tem a vantagem de ser transitória, de estar em fluxo e transformação constantes. Os prazeres não duram muito, mas os males acabam passando também. O espírito não tem essa vantagem. Aqui, o tempo é insignificante. O tempo é uma ferramenta para os vivos. Aqui, neste plano em que me encontro, inventou-se a cadeia perpétua. Mesmo que eu consiga sair algum dia, cada segundo aqui é sentido como uma eternidade.

17

Estive no Rincón de Juan para ver se ele já havia conseguido abrir, mas o cadeado continuava na entrada, e, por mais que o procurasse, por mais que continue a esperá-lo, o guardião da porta não aparece. Por isso, fico passeando pelo povoado, como fiz no passado; observo os vivos e, quando passo muito tempo perambulando e já estou importunando, os cachorros me trazem de volta ao cemitério.

Faz pouco tempo, vi uma mulher tomando banho no rio. Fiquei observando por uns momentos, não tanto com luxúria, mais como quem ouve uma canção triste que lhe lembra alguma época distante e bonita que não foi aproveitada no momento certo e se foi para sempre. E a canção também vai acabar logo. Na mata, onde ninguém podia ver, ela se encontrava com o amante para fazerem amor. Era um amor feito com fúria, como se estivessem deixando a vida naquilo, porque assim era. Na solidão e na desolação do povoado, talvez fossem os únicos seres que podiam amar-se desse modo. E tentavam morrer fazendo isso. Os vivos fazem alquimia com seus desejos, quase sempre por acaso, e é um espetáculo comovedor e inquietante. Criam vidas como a nossa, como a minha, que começam e acabam sem que realmente entendamos o que nos aconteceu; e foi isso, isso foi o que nos aconteceu.

Eu sabia que estava presenciando o momento da concepção de um ser: o produto de um acidente feito da paixão de dois seres. Para aquela entidade, essa cena nunca deixará de ser mistério, algo ocorrido numa pré-história que estará para sempre além do alcance de sua memória. Eu os via morder-se e arranhar-se como se quisessem arrancar-se a pele, devorar-se mutuamente, como se quisessem matar-se; mas estavam se dando vida. Visto de fora, não parecia haver nenhuma diferença; a intensidade do ato era a mesma. Eu os via e sentia nas vísceras a nostalgia, a saudade de estar vivo.

Pergunto-me se os vivos sabem que os observamos. Pergunto-me se imaginam que a maior parte do que fazemos nós, os mortos, é sem paixão alguma, que o fazemos por rotina, por costume e por tédio, simplesmente porque há tempo. Não acredito, não acredito que entendam, nunca parei para pensar. Entrar em contato conosco inquieta e alvoroça os vivos, eles preferem não saber que existimos, mas isso nos possibilita observá-los sem interferir e sem que eles mudem de comportamento por estarmos ali.

A existência mundana dos vivos é uma comédia de erros monumentais e um entretenimento de primeira classe para os mortos. Talvez seja esse seu verdadeiro propósito. Você acaba percebendo que, afinal, não se saiu tão mal. Há gente que sacrifica tudo o que ama e luta a vida inteira por coisas muito menos satisfatórias que uma dose de *lady*. Há quem deixe passar a vida inteira sem pôr os pés na rua e empreender uma única busca com a importância que para mim tinha conseguir a hera da Valerie. Alguns nunca chegam a perder amigos como os que perdi, como o Mike e o Jairo, como Elisa e Romuel, como Úrsula e a Valerie, e tantos mais, porque nunca os tiveram, porque não sabem o que é estar na trincheira com os amigos, sentindo fome com eles e vendo-os cair como moscas sob o sol, cuidar dos bodes uns dos outros e preparar caldos de tutano no desjejum para aguentar, para não secar por dentro. Eles não sabem o que é isso. Vivem suas vidas tristes, sozinhos, mais tristes e sozinhos do que eu. A mim cabe ficar aqui e fazer penitência por todos, mas entendo, aceito. Não é tão ruim, afinal, porque posso encontrar um pouco de sentido para tudo isso, ainda que pouco, ainda que só para mim.

Gostaria de contar tudo isso aos meus amigos, mas não consigo me livrar desta sensação de ser o menino reprovado, o último da classe. A gente acaba entendendo que a vida, na realidade, é muito parecida com uma clínica de reabilitação, e o fato de ter ficado nela durante mais tempo do que os amigos só quer dizer que você era o mais ferrado de todos, o que mais precisava da lição. Se me encontrasse com eles, com minha Valerie, não poderia deixar de me sentir envergonhado. Que bom que o céu é um mito, que não há lugar onde a gente se reúna com seus mortos. Acho que para mim esse lugar seria um inferno; talvez esse lugar exista, mas não é para mim. Prefiro vagar aqui sem rumo e não ter de dar de cara com ninguém.

 Acho que de fato tive a esperança, em algum momento, de voltar a ver Valerie, mas talvez seja melhor assim. Seria um pouco ridículo pedir desculpas a ela nestas alturas. Acho que ela riria de mim. Eu teria de admitir que perdemos a oportunidade porque me distraí, não só um instante, mas anos inteiros. Teria de lhe dizer que, agora que já é tarde e nossos corpos estão poeirentos demais para se amarem, estou começando a recobrar uma espécie de lucidez. E me lembro do último encontro que tive com minha senhora.

 Naquela época Valerie já havia se transformado numa espécie de casca vazia, seu olhar já não focalizava nada. A última vez que vi um lampejo em seus olhos foi no dia em que me puxou para si e me falou ao ouvido, pedindo que tivéssemos um último encontro. Que preparássemos um arpão e não nos levantássemos nunca mais. Fazia tanto tempo que estávamos amarrados naquilo que a única coisa que eu queria era vê-la solta. Eu disse que sim, que me parecia uma excelente ideia, tudo o que minha rainha adorada quisesse.

Acho que por isso esqueço as coisas. Porque, se as lembrasse, teria de reconhecer que preparei meu arpão sabendo que a acompanharia somente até a entrada. Teria de admitir que sei dessas coisas; eu sabia que, enquanto Val se asfixiasse, eu estaria imerso na mais profunda dormideira, e não ficaria sabendo quando ela, por fim, fizesse a passagem. Que por isso não gosto que me chamem de covarde. Não me arrependo de muitas coisas, mas me arrependo disso. Poderíamos ter ido de mãos dadas, e talvez eu pudesse ter evitado tudo o que me aconteceu depois.

Não sei a que me agarrei com tanta força, se nunca tive nada, só desejo. Sempre acreditei que não me agarrava, achei que meu desejo era o primeiro a morrer, quando na realidade sempre foi o mais poderoso e a única coisa que resta de mim agora. Agora que até isso se retirou no além-túmulo da minha consciência, talvez eu me desvaneça aos poucos até desaparecer, mas duvido. Há algo em todos nós que não desaparece. Agora entendo por que minha Val queria que eu lesse *O livro dos mortos*. As máscaras vão caindo, e os monstros na penumbra deixam de ser ameaçadores. Eu me pergunto o que acontece agora, se a efervescência do desejo vai se dissipando por si só, ou se há como chegar de volta ao que alguma vez foi o tempo terreno. Gostaria de ter um corpo para fazer amor, para fazer alguma coisa com este desejo que venho carregando.

Ainda bem que existem os vivos para me fazerem rir por algum tempo. Os mortos só trazem em si fome e sofrimento. São poucos, realmente, os que viveram para estar mortos, mas os vivos são exuberantes, correm e se agitam, gemem e se contorcem, sua inocência e a importância que dão às coisas são enternecedoras. Dá vontade de dizer-lhes: "Ei, menina, calma, por que vai tão agitada pela vida? Relaxa, injeta uma dose de *lady*, pra ver que nada disso tem importância..." Mas, ora, quem é você para dar conselhos? Como se para você tudo tivesse dado certo. É melhor não abrir a boca, você que, afinal, já não passa de puro silêncio, que já tem a vantagem de não estar envolvido em nada, ou quase nada.

18

Às vezes ainda sinto que desempenho algum papel em tudo isto. Sinto que não é só por mim, que sou parte de algo mais, que talvez tenha vindo e continue aqui porque algumas pessoas tinham de se encontrar comigo. Várias já me viram. Não sei exatamente o que elas veem, mas, a julgar pelas reações, devo ser ainda mais apavorante agora do que fui em vida. As pessoas gritam versículos da Bíblia e saem correndo. Ou atiram sal em cima de mim. Outras vão embora e organizam um exorcismo com todo o espalhafato, e a gente se presta a essas coisas, como não? Se funciona, por que não? Mas nunca funciona. Chega o bom Rutilo e arma todo o seu circo, acende incensos e recita seus cantos, jogam fumaça em você, te exortam e aquela chatice toda, mas não serve pra porra nenhuma.

— Já lhes disse que, se pudesse, eu teria ido embora faz tempo, seus merdas. Eu estou atolado aqui com vocês, assim como vocês comigo.

Alguns nunca se recuperam. Não sei por que alguns me veem, e a maioria não. Acho que não tenho nenhuma participação nesse fenômeno. Quem sabe por que coube a eles levar esse susto, e não a outros, por que coube a eles e não a outros deparar com um espectro faminto e esquelético, feito de pura pele revirada e vísceras flutuantes no meio da mata ou nas ruas escuras do povoado à meia-noite; topar cara a cara com este ser espantoso e hediondo que age com timidez, pudor e desconfiança, tentando evitá-los, apesar da curiosidade que sentem por ele. Têm de saber que estou morto; em vida nunca ninguém se interessou por mim nem me procurou assim. Às vezes acho que tudo isso talvez tenha a ver mais com eles do que comigo. Talvez o mundo seja mais ou menos como um espelho, e a eles cabe me ver porque também são seres famintos que vão pela vida queixando-se de dor e mal-estar. Quem sabe se não sou algo assim como uma advertência.

Parei para pensar nisso durante algum tempo, porque sinto que sou parecido com cada um dos mortos que vi, ou com a maioria dos que lembro. Sou igual àquela menininha que anda por aí, chorando porque seu cachorro se perdeu, ou a Antonio Sierra, que tenta se acertar com a mulher depois de morto. Sou igual àquele bebum que me pedia uma moeda para tomar um trago; eu também estou sedento. Não estou dizendo que nenhum deles existiu, porque de fato existem, ou existiram, assim como eu. Eu existi. Não acho que tive alucinação com eles, ainda que não seja possível distinguir a realidade dos meus sonhos de ópio e que esses fantasmas possam ter sido produtos da esquizofrenia que temos nós, os viciados, quando a química cerebral vai para a cucuia; mesmo assim, não acho que tive alucinações com eles, assim como não creio ser a alucinação de ninguém. Embora, de certa maneira, seja. É minha única forma atual de existir: como uma visão espectral que passeia sem rumo, que alguns podem ver, e outros, não.

Mais do que nunca, está difícil distinguir o que é real do que só é um delírio meu, mas isso me acontece há tanto tempo, que cheguei a pensar que talvez não haja nenhuma diferença; talvez sejam a mesma coisa e façam parte de uma única experiência que transcende a vida e a morte, o sonho e o despertar. Isso significaria que aqueles tibetanos de roupão não estavam dizendo puras besteiras. Aqui no *bardo* a gente depara com todo tipo de seres que permitem, ou não, a passagem pelo inframundo em direção à luz, e a única maneira de transpor a porta é saber que nada disto é real. São projeções sobre uma tela, provas para te distrair e te manter preso ao círculo labiríntico de tua própria mente, de teus hábitos e dos desejos que você alimentou, até que eles se tornassem tão fortes que conseguiram sobreviver à tua existência terrena, que conseguiram sobreviver a você mesmo.

Este povoado, o Zapotal, nada mais é que o reflexo da solidão e da desolação que me habitam. Por isso cheguei aqui. Talvez nunca tenha saído da cidade, talvez tenha morrido lá, em meu catre, e toda a travessia por este povoado desolado tenha sido o *bardo*, um percurso pelo vigésimo quarto círculo do inferno; que sei eu. Vida e morte são um contínuo único, duas faces da mesma moeda. Eu mesmo não sei se em meu estado atual sou real ou um rastro de recordações entalado no éter; não sei se o mundo inteiro não passa de espetáculos de luz, de ilusões. Em vida também nunca soube se os fantasmas eram reais, se os espíritos e os demônios vagam pelo mundo; nunca tive provas, nunca tive certeza. Agora também não estou seguro de que os vivos existem.

Às vezes sinto que sou tomado pela dormideira enquanto escrevo. Sinto que clareia, e o calor de um astro sobre a lembrança da minha pele me acalanta e adormece, mas, quando levanto os olhos, a única coisa que encontro é o mesmo céu encoberto, cinzento e sem estrelas que há dias está suspenso acima da minha cabeça. Sinto que caio em algo parecido com um sopor, e só saio dele quando ouço que os cachorros estão vindo me buscar, que arranham meu túmulo e me incentivam a me levantar. É por isso que me levanto e passeio pelo povoado, deixo o território reconfortante do cemitério e saio em busca daquela luz, daquele calor, saio buscando e ansiando, como sempre fiz.

Vou buscando o rastro do que é cálido e ameno. A morte não pede que avancemos, pede que demos marcha a ré, até chegarmos à origem de todas as coisas. Dei voltas por lugares conhecidos, pela árvore sob a qual ficará enterrado meu corpo para sempre, pelas ruas de Zapotal e pelos arredores do Rincón de Juan, até que meus passos me levaram de volta ao quarto de dom Tomás e àquele canto, o mais cálido que encontrei em todo este lugar, e me pus a procurar o tijolo frouxo na parede de alvenaria, aquele que o Mike retirou uma vez antes de se enfiar por uma fenda.

Fiquei vasculhando aqui um bom tempo, neste quarto onde passei meus primeiros dias no povoado, agora terminado, pintado e mobiliado, embora nunca tenha visto os inquilinos que o habitam. Tenho certeza de que eles, sim, me ouvem, aqui, raspando os interstícios entre os tijolos, mas finalmente consegui soltar o tijolo e dar uma olhada no que me espera atrás dele.

Do outro lado da parede brota uma escuridão espessa, como um umbral para o nada. É esse o lugar que existe atrás das paredes, de cada porta fechada, das canalizações que não levam a lugar nenhum; uma ausência de lugar. Para lá me dirijo, não há para onde fugir. Só me detém esta sensação, como um grito engasgado. É o medo, o terror profundo que nunca me permiti sentir e do qual me refugiei no sopor e no aturdimento. Os cachorros farejam esse medo e me incitam a prosseguir; fico apavorado, porque um lugar, mesmo que seja um lugar escuro e desolado como Zapotal, é melhor do que não ter nenhum lugar em absoluto.

— Está com medo de quê, Mortinho, se o pior já passou? — dizem-me.

— Você não ia morrer duas vezes, não?

Os cachorros têm razão, já não há nada que temer. Já não há vida, o pior já aconteceu: cheguei aqui e aqui estou. O medo se dissipa junto com meu corpo em decomposição. Eu já não sou esse corpo, já não sou estes achaques e dores; tudo isso agora é parte da paisagem. A solidão e o tédio já não são meus, mas de Zapotal. Pobre povoado perdido, enfeitiçado. Como agradeço tudo o que fez por mim. Até isso está se desprendendo.

Sei que vou desaparecer, que até meu rastro etéreo vai desaparecer do povoado, e as pessoas não perguntarão muitas vezes, antes de me esquecerem, o que terá acontecido com aquele Mortinho que andava rondando por aí. Pergunto-me o que acontece quando somos completamente esquecidos, se é possível penetrar tanto na escuridão que todas as coisas desapareçam, inclusive eu e esse vestígio de consciência que insiste em agarrar-se ao mundo. Nunca havia pensado tanto em meus amigos como agora, sinto que talvez eu também chegue logo ao lugar aonde chegam todas as pessoas e coisas perdidas e esquecidas.

Achei que seria mais fácil penetrar no vazio, mas estou há tempo aqui sentado no canto, armando-me de coragem. Espero que logo se dissipe esta sensação de frio. Sei que lá não há volta, não há *lady*, não há nenhum calor, não para mim. Quando espio pela fenda entre os tijolos, vejo uma espécie de sangue que se mistura ali dentro, tão escuro que se assemelha àquela matéria espessa que enche o universo. Vejo movimento nessa escuridão, como se atrás dela transluzisse uma dança endiabrada. É como uma espiral que me atrai, provoca em mim uma fascinação tal que, quando olho para trás, já penetrei bastante no labirinto, e o quarto de dom Tomás está muito longe. Deixei-o para trás faz tempo.

Dentro da escuridão há um caminho, como um túnel, e, à medida que entro por ele, sinto que estou recuperando a visão. Meus sentidos estão despertando, minha mente se liberta das amarras e se solta para divagar. Vou pelo caminho, perdendo e recobrando a consciência; os cachorros vêm comigo e me chamam de volta quando perco o fio, não deixam que me distraia. Penetro tateando na escuridão atrás dos muros, como se, para encontrar meu lar, tivesse de dar marcha a ré, para dentro de mim mesmo, em vez de tentar sair do povoado. Esculpida na pedra, encontro uma escada em caracol que leva ao subsolo, e desço um por um os degraus frios com cheiro de poeira, que me lembram algo muito velho, como a infância. Tento discernir o que é aquilo que vejo na escuridão, aquele desenho dinâmico, como a estática numa tela, e sei o que é. É uma revoada de pássaros, uma entidade gigantesca que ondula com o vento.

Aqui embaixo há cavernas frescas, um lugar escondido nas profundezas, muito mais vasto que a superfície, e acredito lembrar que em suas fendas e interstícios residem formas estranhas de vida que se escondem do que há em cima. Este é o lugar mais profundo e mais secreto, e sei que só o verei uma vez; aquele que voltará aqui já não serei eu. Aqui estão os alicerces, a maior fundura a que posso chegar nesta travessia. Nada desaparece, ainda que esquecido; nem mesmo eu. Tudo acaba aqui, no subsolo.

Tenho a sensação de já ter caminhado por estes lados antes. Talvez tenha sido em algum sonho de ópio. Sinto-me envolto num manto terráqueo que me abriga e protege das intempéries que me esperam lá fora. Esta é a origem de todas as coisas, o caminho para casa, um universo cavernoso e uterino que me acolhe como já fez antes, alguma vez. É como se eu retrocedesse sobre meus passos para alcançar um lugar que conheço, e começo a sentir uma onda de emoção, como um adejo palpitante no ventre.

Essa titilação que sinto é muito parecida com ser criança, com estar enamorado. É tão intensa que às vezes quero que acabe, mas, quando me pergunto o que ficaria em seu lugar, sei que não há nada antes nem depois disto. Isto é o que há. Só resta seguir adiante, ir, ir. A gente tenta dar tudo de si e entende que não é nada. Ao não ser nada, só desejo me tornar algo, e dessa maneira talvez viva, talvez seja, nem que um pouco. Prossigo minha procissão pelos vestígios da memória em meio a uma escuridão sem forma, sinto que em volta de mim está refrescando pela primeira vez em muito tempo.

Não é luz o que distingo no final da caverna, mas outra forma de escuridão, mais íntima, mais povoada. Os cachorros vieram me seguindo pelos túneis, e continuam aí quando chegamos à boca da caverna. Agora que os vejo com mais clareza parece que seus traços se tornam cada vez mais humanos, não sei em que momento ficaram assim ou se já eram assim antes, como lobisomens, licantropos tagarelas que guiam meus passos sob o dossel, em direção a uma mata tão densa que parece impenetrável. Estamos tão dentro da floresta que, se eu perder os cachorros, sei que nunca mais poderei voltar.

Como não tenho rumo, sigo-os; eles penetram na mata, e eu só posso segui-los pela penumbra. O cansaço nos ossos já não me detém, aproximo-me daquele lugar conhecido, cálido e reconfortante. Estou chegando ao meu lar. Esta exuberância que sinto nas vísceras, nos membros, nos dedos, esta sensação que conheço tão intimamente, é como a fissura que vai embora, é como a *lady* que vem me visitar.

Não sei de onde vem esta sensação, porque nunca na vida tive um lar como este, mas, ao ver as paredes rosadas e rachadas das fazendas erguendo-se diante de nós como vestígios de outra era, sei que não há outro lugar para mim. Sou de lá, venho de lá. Lá quero ficar para sempre. Ouve-se um murmúrio vindo de dentro, uma grande reunião, como uma celebração, e, quando chegamos às portas monumentais de madeira corroída, os cachorros já não são cachorros, mas pessoas, dois garotos do povoado.

— Sacou, Mortinho? — diz um deles. — Não vai perder essa, que é importante. Tem com que pagar o passe?

Eu, muito confiante, ofereci os brincos de prata com esmeraldas, mas eles os observaram com desdém, guardaram os brincos no bolso e disseram:

— Isso não vale nada. Para entrar, você precisa entregar o que mais ama no mundo.

Essa é a tragédia de morrer sem enterro, ninguém cuida da gente, do caminho que vem depois. A gente só pensa nessas coisas quando já é tarde demais. Poderiam ter me enterrado com meu bichinho de estimação, ou com o meu escravo mais valioso ou, na falta deste, talvez simplesmente com meu casaco de couro, ou algum brinquedo guardado da infância; talvez com a foto da minha amada, ou duas moedas de prata. Até uma mísera flor teria servido agora, mas nem isso me deram. Os cigarros que me ofereceram eu fumei. Procuro nos bolsos e a única coisa que encontro é a caixinha de lata com o kit dentro: o cachimbo de ópio, uma velha colher enegrecida, uma seringa suja, só isso. Entrego-a aos garotos. Um deles a pega, a gira com curiosidade e a agita; ouve as batidas metálicas dentro da lata. Abre-a e observa seu conteúdo, mostra tudo ao outro garoto. Juntos, passam um momento calculando seu valor e um deles me diz:

— Está bem. Com isto você consegue.

Eu sempre soube que carregaria aquela lata até as portas do inframundo. Já se abria o pórtico da entrada, eu já sentia o suor frio e o formigamento nas pernas, nos braços, no pescoço, o embalo iminente. Eles me detiveram, disseram que, para entrar, eu tinha de entregar tudo, tudo o que tinha, até o fim. Pedi que então me deixassem sentar um minutinho na entrada e terminar o que estava pendente.

Ali me sentei, ao pé das portas da fazenda, para acabar de relatar o que me acontecera durante todo aquele tempo errando pelo limbo. Acho que já terminei, acho que de tudo isso extraí um pouco de sentido, de proveito. Acho que consegui fazer algo construtivo. Se voltar a nascer, farei as coisas de outra maneira, acho, embora possa acontecer que as faça exatamente do mesmo jeito. Talvez, depois de nascer, só nos espere o mesmo que ao morrer: vagar pelo mundo com saudade e decifrando, tentar encontrar a felicidade com a nossa senhora. Espero que não; espero que a vida reserve surpresas, assim como a morte as teve. Não sei, está cada vez mais difícil lembrar o que era estar vivo, talvez logo eu me esqueça completamente. De qualquer forma, não quero nascer de novo. Este é o final do caminho para mim; ali dentro brilha uma luz cálida que me chama para me juntar a ela.

Ainda não sei o que me espera daquele lado. Talvez lá esteja a grande reunião de *junkies*, um lugar ao qual cheguem todos os que se perderam, ou pode ser que eu seja acordado pelo som do meu próprio pranto, coberto de sangue e vômito, rodeado de médicos e gente em pânico me dando bofetões e me obrigando a respirar. Esta síndrome de abstinência que sinto, esta saudade do útero materno, como uma doença, deve ser aquilo a que as pessoas se referem quando falam de "vida". Já estão me dando à luz. Vou entregar o equipamento; o caderno e meu lápis também, e voltar para casa. Vou de volta para meu lar, conhecer aquela que sempre foi minha mãe. Ouve-se um tumulto lá dentro, um vaivém de passos e movimento, de gritos e sussurros que me chamam, um *tum-tu-tum-tu-tum* como os tambores de uma grande celebração. Lá se lembram do meu nome. Vou encontrar os rostos dos meus amigos entre a multidão, reunir-me no fim com minha senhora.

Tenho encontro com a *Lady*, e não quero perdê-lo por nada do mundo.

Este livro foi composto na tipografia Adobe
Caslon Pro, em corpo 12,5/17, e impresso em
papel off-white no Sistema Cameron da
Divisão Gráfica da Distribuidora Record.